Andreas O. Müller

Robert und Tina

AF217245

Verlag tredition Hamburg

Andreas O. Müller

Robert und Tina

www.tredition.de

© 2021 Andreas O. Müller
Verlag und Druck:
tredition GmbH, Halenreie 40-44, 22359 Hamburg

ISBN
Paperback: 978-3-347-22498-8
Hardcover: 978-3-347-22499-5
e-Book: 978-3-347-22500-8

Robert und Tina

Samstag, 28. April

Gegen vier Uhr morgens Stop irgendwo hinter Cecina, kleiner, geschotterter Parkplatz mit Blick auf das Meer, wenigstens am Tage. Kurzer Spaziergang noch in der Finsternis über flache Felsen bis zur Brandung. Das hatte sein müssen. Dann ein kurzer, eher ermüdender Schlaf im Auto, Martina und ich. Immerhin, die Zeit der unterdimensionierten Nachkriegs - Limousinen ist längst vorbei, in räumlicher wie auch in leistungsmäßiger Hinsicht. Um sieben Uhr weiter zum nächsten, geöffneten Café in St. Vincenzo, due cappuccini per favore con Cornetti. Wo ist die Toilette? Oh bella Italia!

Die letzten Kilometer schon bei Tageslicht durch toskanische Lieblichkeit, Pinien, Schirmpinien natürlich, Gehöfte, Wiesen. Tina: „schau´ doch mal, die sanften Hügel!" Mädchenidylle. Aber sie ist süß in ihrem Röckchen und der weissen Bluse. Sonst säße sie nicht neben mir, gewiß nicht. Ich bin kein Masochist.

Piombino, wirklich gewordene Hässlichkeit. Morgendlicher Industriequalm, spart das Zigarettenrauchen. Sehr ökonomisch. Nikotin ist ungesund, weiß doch jeder. Im Hafenbüro Gedränge. „No Portoferraio heute, alles voll!" Da haben wir den Salat. Die italienischen Wochenendtouristen. Alle PKW-Plätze belegt auf dem ollen Kahn. Vorher nachdenken? Zu spät für Selbstvorwürfe.

„Vai a Porto Azzurro", rät einer mit Skippermütze. Sieht aus, als verstünde er was von unseren Schwierigkeiten. Keine schlechte Idee immerhin, das wäre dann im Südosten, kein Problem. Nicht für uns.
„Due biglietti per Porto Azzurro, per favore."
Der „berretto uniforme" hat mich doch tatsächlich verstanden. Tina lacht über meine Aussprache, macht nichts. Es ist schön, wenn sie ihre Mundwinkel so charmant hochzieht.

Gute Gelegenheit für eine Fahrt über den östlichen Teil der Insel, denke ich mir. Tina bewundert den sonnigen, nur leicht bewölkten Himmel. „Genau so hab´ ich mir Italien vorgestellt", jubelt sie glücklich. Da gibt's ja wohl noch mehr in diesem Land, ich sage das aber nicht laut, ich will sie nicht kränken. Übrigens erstaunlich wenig Müdigkeit nach der langen Anreise.

ooo

An Bord der Fähre. Unser Auto Zentimeter genau Blech an Blech mit den Fiats, Lancias, Maseratis und den vielen Franzosenkarren, leicht erkennbar an den Beulen ringsrum. Scheint doch alles perfekt zu gehen. Clevere Jungs, die Besatzung. Wir auf dem Oberdeck, in den Sciroccohimmel blinzelnd. Alles läuft glatt. Am Kai unten pfeift sich eine schmutzig grüne Lokomotive mit schreiendem Lärm vorwärts, engfenstrige Waggons kleben dahinter. Das ganze rattert bis zu dem Fähranleger. Gewimmel von

Menschen, aus den Türen herausquellend, mitten im Gewühl Lilo und Chris, beide mit Taschen beladen, grauenhaft bei der zunehmenden Hitze. „Da unten sind sie! Hallo!" Was wollen die im Fahrkartenbüro? Ach ja, ohne Auto kein Problem mit Porto Azurro, ich verstehe. Kein Platzproblem. Aber einen Tag und eine Nacht im Zug? Nein danke. Dann lieber auf der Rückbank mit Tina.

Die Zwei verschwinden in der Menge, die sich die Gangway hochwälzt. Gehören ja zu unserer Crew, auch wenn sie die andere Fähre nehmen. Man sieht sich später. Zurufe wären sinnlos bei dem allgemeinen Radau. Und winken, da kann man sich genau so gut an der Nase kratzen. Das bringt mehr.

Unser Frachtpott rauscht sich rückwärts von der Pier weg, dreht dann schwerfällig und stampft raus in die freie See. Tina wieder: "Schau doch mal, da vorne, Robert. Land in Sicht." Ist sie nicht cool auf die Seefahrt vorbereitet? Sehr gut. Sie hat die Küste von Elba ausgemacht, Kompliment. Cavo ist nur zwanzig Kilometer von uns weg. Ab morgen, mit Skippermütze, heisst das dann: „elf englische Meilen." Bis Portoferraio noch mal zehn Kilometer, heute. Aber wir nehmen einen mehr südlichen Kurs. Porto Azurro, richtig.

Elba also im Dunst voraus. Schon wieder hoch von den Liegestühlen an Deck und ab in den Verladeraum. Dröhnt ganz schön da unten, das stählerne Muskelpaket. Über siebentausend Pferdestärken. Mehr brauche ich nicht zu sagen. Wer hält sich die Ohren zu? Klar, meine Martina.

Wir stehen rechtzeitig auf dem Fahrzeug - Deck. Ruckeln, Rauschen endlos, die Festmacher spannen sich. Und schon klappt der mächtige Unterkiefer des Schiffsbugs herab. Wir haben noch Zeit, weil wir in Piombino als letzte auffuhren, am Heckende, Steuerbordseite. Jetzt also warten, bis alle raus sind, dann wir als letzte an Land.

Tina natürlich, wie das junge Reh vorausspringend, winkt mir von Land aus fröhlich zu. Noch zehn Autos fahren auf der Mittelspur von Bord. Jetzt Geschäftigkeit der Mannschaft, Gedränge und Laufen. Motoren dröhnen, Gewinde quietschen, das Stahlmaul will sich wieder schließen. Was ist los? Die Festmacher werden eingeholt. „Mensch Tina", schreie ich," „komm zurück, schnell, wir legen wieder ab." Gleich ist sie wieder bei mir, kuschelt sich an mich. „Du bist mein Held!" Ich grinse verlegen. Aber recht hat sie. Was war los? „Porto Azurro später", also noch kein blauer Hafen. Wir sind noch nicht am Ziel, ein Zwischenstopp in Rio Marina, von dem ich nicht gewusst habe. Muss ja niemand erfahren.

ooo

Portoferraio. Jetzt aber runter von der Fähre und auf den nächsten Parkplatz. Wieder mal am Dorfrand, aber diesmal mit sportlicher Einlage. Bei zwölf Prozent Steigung rückwärts zwischen zwei andere Blechvehikel, das ist schon was. Im Ort alles zu, kein Essen zu bekommen. Siesta oder was? Wenigstens ist Markttag, gut für Obst, und zwei kleine Schwarze an der Ecke. Mit Milch, für mein Kätzchen. Eine aufgewärmte Minipizza, das war's dann. Von wegen italienische Küche und so. Macht Hunger nachsichtig? Ich meine, dem Magen gegenüber ist's eine Gemeinheit. Aber gut. Schönes Mittelmeerwetter, blauer Himmel, wenigstens.

Das Ausparken gelingt spielend leicht. das Städtchen lockt mit „Casa Le Grotta", ganz in der Nähe des Klublokals, schlappe dreizehn Kilometer auf der Strada Provinziale sechsundzwanzig. Die ganze Strecke bebaut, mal mit Siedlungen, dann wieder Olivenplantagen. Reihe neben Reihe wie eine Kompanie Rekruten. Die letzten drei Kilometer an der Bucht entlang. Auch blau. Auch voller Häuser. Aber tadellose Aussicht auf das Meer. Man sieht sogar das kleine, vorgelagerte Inselchen in Nord - Nord - Ost. Neben einem Tennisplatz findet unser Zweihundertdreißiger genügend Raum zwischen Renault und Simca. Schmaler, gesträppreicher Weg runter zum Clubhaus.

Früher Nachmittag, immer noch leicht bewölkt und angenehm warm. Keine lästigen Formalitäten wegen der Schiffspapiere. Italienisch locker. Es folgt die Übergabe des Sportgeräts, Abzählen aller Tassen, Segel und Fender. Deutsche Genauigkeit. Auch das geht vorüber. Endlich auf der kleinen stimmungsvollen Freiterasse. „Oh mein Gott, alles ist so farbig wie im Paradies!" Richtig, das war Tina eben. Sie hat ja recht. Wirklich. Die blutroten Tischtücher, das intensive Ocker der Hauswände, die bunten Autos hinter der Oleanderhecke. Die roten Blüten? Die leuchtenden Orangen? Das Blumenbeet rund um die Tische? Ach ja, auch okay.

Herrlicher Ausblick über die Bucht, darüber das Profil des Apennin am Horizont, und die qualmenden Schlote von

Piombino. Davor noch Scoglietto. Die Sonne brennt. Um uns herum üppig wie Unkraut hoch gewachsene, blühende Geranien, auch rot, aber heller als die Tischdecken. Irgendwie auch hygienischer, wenn man den umher summenden Insekten glauben kann, die sich mehr für die verkommenden Essensreste interessieren.

Wieder hoch jetzt auf schmalem Pfad zum Parkplatz, dann über eine enge, nur teilweise asphaltierte Kurvenpiste hinauf bis zu dem großen Platz oberhalb der Villa Romana del Grotte. „Du, Robert, der sieht man aber an, daß sie schon sehr alt ist." Kultur am Nachmittag. „Ja Schatz, du hast recht." Der weitere Straßenverlauf ist akzeptabel. Es geht hinab in die Ebene bis zum Hafen. Dort an der Hafenmole soll es eine weitere römische Villa geben. Wir interessieren uns aber beide mehr für unser Schiff, das da irgendwo liegen soll. Also am Kai entlang und Augen offen halten, Skipper. Randbemerkung : die zweite Villa kommt nicht so richtig in Sicht, sie soll nur aus Mauerresten auf einer Fläche von zehn mal zwanzig Metern bestehen, garantiert echt antik. Man hat Mosaikkrümel am Boden gefunden. Strictement interdit d'entrer.

°°°

Yachten an der Pier, wenige Masten, die hin und her wippen und sich von den Fallen zum Aluminiumkonzert animieren lassen. Mal sehen, wie das in den Nächten wird. Jetzt passt es ganz harmonisch zu dem Ambiente des Hafens, der Häuser entlang des Hafenbeckens und der vielen Tische und Stühle auf den Gehwegen. Meine Tini sagt nichts, diesmal. Gesehen hat sie das alles, da bin ich mir sicher. Wo ist nur die Hanseatica? Ganz hinten, ziemlich am Ende der Pier endlich der Ausleger, dessen hafenseitige Klampen für Segler freistehen. Die andere, westliche Seite ist dem Wasserschiff aus Piombino vorbehalten.

Das ist also unsere Yacht, unser Zuhause, wenigstens für die nächsten zwei Wochen. Ein schnittiger, flinker und wendiger Kreuzer, wie gemacht zum Schippern zwischen den glatten Granitbuckeln in den schwedischen Schären. Nicht gerade typisch für Mittelmeerfahrten. Aber seht, wie solide. Alles Holz, Pitchpine, unverwüstlich. Sogar ein Holzmast. Wissen wir natürlich schon. Der Deutsche vom Klub hatte sie wohl vertäut. Ordentliche Vor - Achter - und Springleinen. Bombensicher. Teutonisches Ehrenwort. Garantiert. Am Ufer, jenseits der Straße, die große Uhr im Turmbogen, „genau vier", stelle ich automatisch fest. Und noch keine Spur von Lilo und Chris. Die wollen doch auch mit. Wer die sind? Na, Freunde von uns. Ich rede nicht so gerne über andere, vielleicht mal später, wenn wir an Bord sind, da bleibt es nicht aus, daß man redet. Es sind die, denen wir in Piombino nicht zugewinkt haben. Zufrieden?

Gute Wahl, unsere Hanseatica, denke ich. Die Entscheidung hat aber Tina getroffen. „Die hat so schöne Bullenaugen, Robert. Und hinten können wir gemütlich sitzen und frühstücken. Nur das zackige, große Rad stört ein bißchen. Kann man das nicht abschrauben, vielleicht?" Mein Gott, wie ich dieses Mädchen liebe.

Fünfunddreißig Fuß Länge über Alles, Sluptakelung, eingebauter Diesel mit genügend Power, wenigstens für´s Mittelmeer. Aber unterschätze dieses Seengebiet nicht! Der Golf von Lion hat's in sich, braucht sich nicht zu verstecken hinter der Ostsee, nicht mal vor der Nordsee. Ich sage nur Kattegat und Skagerrak. Du weisst, was ich meine. Und die Straße von Messina ist auch nicht übel, egal, ob du von Norden oder von Süden kommst. Die Düse zwischen Festland und Sizilien macht's. Manche sagen, das seinen dort Skylla und Charybdis, nördlich von Messina. Odysseus und seine Sirenen lassen grüßen.

Gleich neben dem Schiff wartet am Straßenrand eine Parklücke auf uns. Das wäre im Sommer ganz anders hier. Wir steigen aus. Tina gleich zum Segler rüber und hops über die Reling mit den Straßenschuhen. Na ja, sie hat's gleich bemerkt. Braves Kind. Eigentlich ist sie weder brav noch ein Kind, in gewisser Hinsicht. Ich sagte schon, daß ich sie liebe. Du ahnst, warum, oder? Große Gefühle in der Erinnerung an frühere Törns, macht mich ziemlich fertig, diese Rührseligkeit. Aber sie ist da, was soll ich machen.

ooo

An Backbord, was will der klobige Typ da? Riesiger Seesack neben ihm auf den Decksplanken. Was quatscht er Tina an, ich sehe besser mal nach dem Rechten.

„Hey Mann, alles cool Mann. Skipper, hab´ ich recht?"
Das meint er doch nicht im Ernst. Was soll die blöde An-

mache! Tina schon unten in der Kajüte, ihr Kopf im Niedergang wie ein Eichhörnchen in seinem Bau.

„Reiß´ dich mal zusammen und sei ein Gentleman", be-
fehle ich mir.

„Was gibts, kein Zuhause?"

„Dachte, ihr nehmt mich ein Stück mit. Hab´ meinen Kahn
drüben auf Reede, weißt schon, Liegegebühren und so."

Jetzt weiß ich, was los ist.

„Du bist es, Mike, stimmt's ? Hab´ dich kaum wieder erkannt."

„Klar, Mann, bin ich. Schön, daß du dich an mich erinnert
hast, na ja vielleicht auch doch nicht so schön."

Das also ist Rheuma - Mike. Jeder in hundert Meilen Um-
kreis kennt ihn, oder wenigstens etwas von seinem trau-
rigen Schicksal.

Mike war mal jung und gut aussehend, so wie ich heute.
Kann Euch Tina bestätigen. Damals war das Leben easy.
Er schaffte sich eine kleine Yacht an, und lebte von einem
Tag zum anderen hier auf Elba. Touristen, Hobbysegler
ohne Boot, vielleicht auch mal ein Schmuggler, war ihm
egal, Hauptsache, es kam Kohle rüber. So ließ es sich
leben, keine Steuer, keine Bürozeiten, vor allem kein me-
ckernder Chef, wenn man mal eine Stunde später kam,
weil der Abend vorher voll Party und man selbst voll mit
Stoff war.

Alles lief gut. Jahrelang. Auch wenn die Winter etwas ein-
sam waren. Das Mittelmeerklima machte kein Problem,
auch nicht auf dem Wasser, für den jungen Kerl. Aber
dann blieben die Kunden aus, die anderen hatten inzwi-

schen entweder selber ein Schiff oder einfach keinen Bock mehr auf Seefahrt. Wie auch immer, das Geld wurde knapp, der Liegeplatz in erster Lage an der Pier zu teuer. Also raus auf Reede. Tja, und da ist er dann ganz abgesackt. Nur die Nachsicht, das Mitleid, oder auch nur die Neugier seiner Zeitgenossen hielten ihn am Leben. Denn keiner, der ihn an Bord besuchte, ging ohne eine kleine oder größere Aufmerksamkeit. Man dachte an die Launen des Lebens ebenso wie an Mikeis Leichtsinn, aber wie gesagt, das Mitleid...

Eine der Launen hieß Rheuma. Immer in dem feuchten Seeklima, ohne rechte Heizung in dem Kahn, was sollte sonst sein. Er litt und fluchte, vegetierte mehr, als daß er lebte, und die Jahre gingen unerbittlich dahin. Bis zum heutigen Tag. Und weiter. Bis auf weiteres.

Das ist die Geschichte vom kleinen Mike, die aber kein gutes Ende finden kann, so wie im Märchen.

Wie auch immer, jetzt sitzt er da vor mir, hoffnungsvoll für den Augenblick unseres Auftauchens. Was sollte sein. Ein paar Kröten, Hand auf die Schulter, freundliches Grinsen. Abmarsch, bitte.

Übrigens, letztes Jahr, während meiner Segelausbildung, war ich mal draußen bei ihm. Freundschaftlicher Besuch. Hab´ mir im Klub ein Schlauchboot ausgeliehen, satte fünfzig Pferde, der Yamaha, und dann rüber geprescht zu ihm auf die Reede. Trostlos, kann ich Euch sagen, voll deprimierend, das ganze. Nicht, daß sein Schiff irgend wie vernachlässigt gewesen wäre, das keinesfalls. Aber, mein Gott, was machte er da draußen den ganzen Tag? Die Sprache der Fische lernen, oder mit Wind und Wellen über den Salzgehalt der Weltmeere diskutieren, oder sich über die Sandmengen aufregen, die der Scirocco von der Sahara ohne jede Grenzkontrolle nach Europa schaffte, so wie andere es mit den verdammten Drogen machten? Halt, stop, das betrifft wohl mehr Südamerika, sorry. Jedenfalls kann man verrückt werden mit sowas, ich meine den Mike. Vielleicht ist er es schon, ein wenig. Wäre sogar eine Hilfe für ihn, was? Da hatte es Napoleon, natürlich zu seiner Zeit, noch besser. Hatte auch ganz andere Zukunftschancen, der Mann.

Tina bedrückt, kein Mundwinkel nach oben Ziehen, keine weitere Bemerkung. Ratlosigkeit. Mike schiebt ab mit seinem Kramhaufen. Wird wieder mal jemanden finden, der ihn auf seinen Plastiksegler zurück bringt. Immer fand sich eine Gelegenheit, freiwillig oder mit moralischem Druck. Davon versteht er inzwischen eine ganz Menge. Scham war lange von Bord gefallen, irgendwann, irgendwo.

°°°

„Jetzt aber los, Mädel." Unser Gepäck vom Kofferraum unter Deck schleppen, auf dem Rücksitz noch Einzelheiten der letzten Nacht wegräumen, alles gut verschließen. Due settimane. Bella Italia.

„Du, jetzt sehen wir uns mal um. Ich könnte was zu essen gebrauchen, Du sicher auch." Nichts wie rüber auf die Straßenseite mit den vielen Restaurants und Cafés, den

Geschäften, die man wegen der Stühle und Tische nur auf Umwegen betreten kann. Ich will nichts kaufen. Aber Tina, lieber nicht fragen. Sie kann ja ihren Mund aufmachen, denke ich. Bin ich ein Macho?

Ein Blick nach drüben, Mike ist weg, verschwunden zwischen den garnicht so zahlreichen Menschen.

„Was jetzt?" fragt Tina mit einem Lächeln, das keine Antwort erwartet, auch nicht duldet.
„Aber Tini, wir kommen doch gerade erst über die Straße!"
„Dann gehen wir halt wieder rüber," schmeichelt sie.
„Du meinst..."
"Ja, mein´ ich."
„Ich hab´ aber einen Riesenhunger."
„Ich doch auch, mein Süßer."
" Na, wenn's so ist, dann los."

Am Abend dann doch noch was zwischen die Zähne, viel Gemüse, das Stückchen Fleisch ein bißchen klein als Belohnung für...lassen wir das. Die aushängende Speisekarte hatte nicht schlecht ausgesehen, vor allem für Hungrige. Man schmeckt ja erstmal nicht, man liest nur. Der wohlklingende Name meines Menüs ist das beste daran. Drei hauchdünne Scheiben Fleisch, so, wie ich Salamiaufschnitt kenne, eine Kartoffel und Gemüse, dreissig Franc. Tina hat etwas mit Bohnen bestellt, ich glaube Chili. Merkwürdig. Es kommt eine Art Suppe. Gerade als wir fertig sind, wird noch eine Schale mit kalten, roten Bohnen auf den Tisch geschoben. Die lehnen wir dann ab. Das ist uns doch zu blöd. Passend zu dem frugalen Dîner ein unverschämter Wirt. À santé. Ein böser Reinfall.

Gar keine so große Überraschung, Christian und seine Frau zu treffen auf der Straße, nach dem ersten Menue fatal hier, ich meine das Abendessen. Portoferraio ist nicht wirklich groß, nur die gebogene Hafenstrasse hin und zurück, wo anders ist sowieso niemand. Großes Hallo, da seid ihr, wie schön, wir haben euch gesehen in Piombino, Ihr wart aber auf der falschen Fähre, nein waren wir nicht. Porto Azurro, ach so, gute Idee, wenn man nicht vorgebucht hat. Vorwurf? Ironie, beissend, versteckt? Wer war denn da so schlau. Derart etwa der Willkommensgruß. Verbesserungsbedürftig, ausbaufähig.

Alle vier noch mit den Autos zum Klub, der Deutsche bringt uns wieder zurück. Sieht aus, als würde er Gerhard heissen, der Speerstarke. Na ich weiss nicht. Aber germanisch eben. Wir dann in der Kajüte, Plätze verteilen, Sachen aufräumen, Lampe an, eine Flasche auf den Tisch und erstmal überlegen, was genau machen wir morgen?

Geschaukel, Wellengang im Hafenbecken, ein Großer kommt noch rein. Schließlich Körperhygiene, soweit möglich, im Schmutz der Duschen auf der Werft. Keine Saison. Wieder an Bord. Chris: „wir machen noch einen kurzen Gang." „Ja, macht nur. Tina hat schon wieder was anderes mit mir vor. Nichts dagegen. Und dann in die Einzelkojen. Gemurmel, Glucksen unter dem Kiel, Mastengeklingel, Schlaf, Schlaf. Hanseatica, wache über uns.

Sonntag, 29. April

Am nächsten Morgen ungewohntes Erwachen, keine Tini neben mir, niemand, der mir mit zärtlichen Fingern durchs Haar fährt, kein Atem an meinem Ohr. Ach ja, die Einzelkojen, das ist die profane Erklärung. In der Doppelkoje im Bug residiert unser Ehepaar. „Ihr seid doch nur befreundet, was braucht Ihr da ein Doppelbett." Wie bitte? Sprachlosigkeit. Was steigt da in mir hoch, Ärger oder Amusement? Ich schaue Tina an. Doch wohl eher das Zweite dann. Nein, nicht der Fernsehsender. Mann! Aber trotzdem. Mittelalter oder was? Lügen sich in die eigene Tasche. „Tini, wie schlau du bist, ich meine, wegen gestern Abend," flüstere ich über den schmalen Gang zwischen uns. Sie reicht ihren Arm zu mir herüber, wenigstens berühren sich unsere Fingerspitzen. Göttlicher Funke. Michelangelo, die Erschaffung Adams, verstehst du? Omen? Vorahnung? Wunschtraum? Seefahrt verlangt Opfer, wir sind Zeitzeugen.

ooo

Sonntag also. Jetzt schon los? Beschluß am Vorabend: hier bleiben, akklimatisieren, bummeln, faulenzen, abhängen. Und so weiter. Jeder weiß, was damit gemeint ist, oder? Außerdem fehlt noch Ausrüstung.

Am Nachmittag Boje über Bord. Manöver üben im Hafen, jeder muß fit sein. Im Zweifelsfall bleibt wenig Zeit. Alle sind topfit. Überraschung. Habt wohl in der Badewanne geübt.

Sagte ich schon, daß mir das undankbare Amt des Skippers übertragen wurde? Beschluß einstimmig, auch gestern, kurz vor dem Einschlafen. Lilo hatte schon geschlafen, Chris war's egal. Tina wollte nicht, hätte, ehrlich gesagt, auch nicht gekonnt. Nicht diese Art von Skipper. Zuhause war das schon mal was anderes. War mir recht so. Auf der Hanseatica mache ich also den Leithammel. Das geht in Ordnung. Übung genug habe ich ja. Mit gut zehntausend Meilen auf dem Buckel. Glaubst du nicht? Aber lästig, immer den Überblick behalten, Mannschaftsgeist pflegen, Crew zusammenhalten, nüchtern bleiben. Ein grosser Trinker bin ich sowieso nicht, also was soll's.

Im letzten Jahr der Küsten - Segelschein auf Elba. Den amtlichen Schein hatte ich schon länger, Sportbootführerschein hieß das Ding. Die praktische Prüfung auf einem Fischkutter, doppelt so lang wie die Hanse. War spaßig, mit so einem Walfisch rumzumachen.

Von der „Grotte" kam noch jemand und brachte eine Kiste voll Zeug, das wir bestellt hatten. Eine fehlende Rettungsweste, Lifebelts, Hafenhandbücher, Leuchtfeuerverzeichnis. Hatten die erst noch zusammensuchen müssen. Auch ein Sextant war dabei. Man wußte ja nie. Chris und ich hatten noch gelernt, damit umzugehen. Meine Tini zunächst tierisch interessiert an dem Ding. Toller Name übrigens. Aber sie hat da was falsch verstanden. Wieherndes Männerlachen. Sorry, meine Kleine.

Schon wieder mal Abendessen, drüben im Ristorante la Viste, direkt unten am Strand. Monumentaler Blick auf die Festung oben auf dem schroffen Felsen. Genickstarre, wenn man zu lange hochsieht. Wirklich beeindruckend, das Gemäuer. Massage für Tinas Hals. So kann es anfangen, heute aber sicher nicht. Zu viele Zeugen, genau genommen zwei zu viel. Da hat sie sich umsonst den Hals verrenkt.

Wieder an Bord. Ein Absacker zu viert in der Plicht. Sherry aus Plastiktassen. Prost. Besinnlichkeit. Zeit für Plaudereien. Leises Radio von drinnen.

ooo

„Du, Chris, wer war das eigentlich, von dem du gesprochen hast, der vielleicht mitkommen wollte?"
„Du meinst sicher den Rheuma - Mike."
„Du spinnst wohl, nein, mal im Ernst."
Ach so, der Paul, ja, der ist auch ein wilder Segler, macht viel alleine, das Döspaddel. Bis es ihn mal über Bord spült."
„Ja, ja, und was ist mit dem?"
„Ich hab´ ihm erzählt, was wir vorhaben, durfte ich doch, oder?"
„Klar, warum nicht."
„Eben."
„Na und? Erzähl´ doch mal."
„Ich hab´ ihm von unserem Charterboot erzählt, er war richtig heiß, aber unser Termin hat ihm nicht gepasst. Er arbeitet an einer Klinik, er ist Arzt, der kann nicht einfach abhauen, wann er will."
„Armes Schwein."
„Ey, das passt jetzt aber garnicht."
„Entschuldige, ich meinte arme Sau."

„Mann, Robert, du bist ja richtig gut drauf heute."

„Das mein´ ich doch nicht wörtlich, ist nur so ein Spruch. Kenns´te doch."

„Na gut. So ist das jedenfalls mit ihm. Netter Typ, der würde dir sicher gefallen." Tina aus der Kombüse : "Hör´ doch mal auf mit der Kuppelei. Robert gehört schon mir, damit das klar ist."

Ruhige Stimme, abgeklärt. Keine Spur von Besitzanspruch. Selbstverständlichkeit, als hätte sie gesagt : ich bin Tina., heute ist Montag, oder so was alltägliches. Sie hat recht, Robert ist einverstanden. Unbeirrt zu Chris : „Meinst du? Warum?"

„Fischt gerne, liest viel, ist auch so ein musischer Mensch wie du. Hab´ ich nicht recht, Tina? Dein Robert ist ein Softie." Keine Antwort ist auch eine.

„Spielt Cello, selbst gebaut, wirklich. Übrigens in einem Kammerorchester. Gefällt ihm da nicht mehr, zu viele Musiker auf einem Haufen."

Blonder Wuschelkopf im Niedergang, schüttelt den Kopf.

„Deshalb habe ich ihn auch besonders lieb. Wie alles, was meins ist."

"Was? Ach so." Das hat gesessen.

„Danke, Schatz." Sie macht mich fertig mit ihrer Offenheit.

„Dafür darfst du dir was wünschen."

„Jetzt gleich?"

„Von mir aus. Denk´ aber dran..."

Tina unterbricht ihn. „Schon gut. Dann will ich einen zärtlichen Kuß."

„Und wohin?" Ich provozierend, diesmal.

„Du denkst, Du kannst mich verlegen machen! Da täuschst Du Dich aber gewaltig, mein Lieber."

Ihre Stimme keineswegs aggressiv, vielmehr schadenfroh. Und dann: „auf meinen Hintern, bitte, komm sofort mit mir runter zum Vollzug."

Ich gebe doch noch nicht auf!

„Links oder rechts?"

Ich kenne die Antwort, aber es läuft dann auf etwas anderes hinaus. Zugepresste Münder, Herzrasen, gestaute Blutgefäße hier und dort. Ich stürze über eine Propangasflasche.

„Welcher Dussel hat die denn da hingestellt!"

Schäme ich mich? Ein wenig? Keine Ahnung, was in mir brodelt, aber doch Scham gewiß nicht. Die da draußen sind verheiratet. Na also. Ich glaube, wir sind mehr verheiratet als die beiden. Obwohl sie die staatliche Lizenz zur Paarung haben, und wir nicht. Und damit den Anspruch auf die geräumige Bugkoje. Haben sie selbst gesagt, so ähnlich jedenfalls. Dabei sind wir doch alle vier im gleichen Alter, ungefähr. Da können sie mal sehen. Wie ein Spiegelbild ist das für sie, gutes Lehrstück, will ich jedenfalls für sie hoffen. Soll aber nicht wieder vorkommen, nehme ich mir vor. Bin ich ein wildes Tier? „Das bist du", sagt Tini in diesem Augenblick. Kann sie Gedanken lesen? Oh Gott!" Sie meint aber nur mein Temperament, so allgemein gesprochen. Danke Tini. So ein Segelurlaub ist wirklich traumhaft schön, denke ich. Kann sie gern wissen. Sie denkt dasselbe wie ich. Ohne daß sie meine Marionette wäre, ist sie ganz gewiß nicht, ehrlich.

Montag, 30. April

Scoglietto bleibt an Steuerbord, es geht nach Westen, nach Korsika. Da wollen wir ganz rum, in den kommenden Wochen, entgegen dem Uhrzeigersinn, wie es der Wind und das Wetter so hergeben.

Aus dem Logbuch der Hanseatica: Bewölkung vier Viertel, Nimbostratus, Wind aus südlicher Richtung, zwei bis drei Beaufort. Scirocco mit Regenwolken also. Was da drin lauert, wissen wir. Ich meine die Massen an Regen. Bloß nicht ausquetschen diese Dinger, lieber Petrus. Angenehm warm wenigstens. Die Decksplanken feucht von Tau.

Groß hoch, Genua hinterher, und rüber damit nach Steuerbord. Wir haben südlichen Wind bei Kurs West, das kann das Schiff gut in Fahrt bringen. Maschine läuft mit, bringt schon noch einen Knoten mehr. Es eilt aber nicht. Nur mal weg von Elba. Wird noch so an die sieben Meilen sein, bis ihre Küste achtern wegbleibt.

Sécurité - Meldung von Grasse Radio: coup de vent mit neun Beaufort im Golf de Lyon. Mal wieder. Das klingt jetzt aber ganz anders. Übles Revier da oben. Mistral sage ich nur. Das Rhonetal als Windkanal. So geht das. Kann uns egal sein hier im Süden. So schnell wälzt sich kein Schwell nach Süden bis zu uns.

Ab und zu hustet der Motor. Klemmender Gaszug. Besser nicht übertreiben am ersten Tag. Wir steuern Marciana Marina an, eine halbe Tagesreise. Nicht mal. Reicht doch, immer langsam. Der massive Steinzylinder des Turms am Nordende des Hafens. Torre degli Appiani, um 1560, vermutet man. Am Kopf der Nordmole Felsbrocken als Wellenbrecher. Abstand halten. Anweisungen im Hafenhandbuch. Auf der Innenseite der Mole Platz zum Anlegen, direkt unterhalb des Turmes vor Buganker auf fünf Meter Wasser.

„Kenn´ ich, die Ecke. Auch Macinaggio gleich nebenan. Küstenrevierschein im vergangenen Jahr, Prüfungsfahrt mit Bojemanöver. Halse und Wende vormachen, Ankermanöver und so was. Und das ganz in weiss, knackig braune Haut. Augen zu, Knoten schlingen bis zum Abwinken, Palstek, die Schlange im See, all das. Muß wie im Schlaf sitzen, wenn's mal drauf ankommt. Dann die Navigation! Mann, da hab´ ich's ihnen aber gezeigt. Kulmination, Ekliptik, Alhidade, hab´ ich ihnen alles um die Ohren gehauen. Und um Punkt zwölf das Mittagsbesteck. Nein du Dussel, nicht Messer und Gabel. Die Breitengradbestimmung mit dem Sextanten. Die Sonne runterholen. Lach´ nicht so blöd, so heißt das nun mal. Ging alles glatt. Da kam richtig Begeisterung auf. So war das. Hochstimmung, kann man sagen. Der Schein war in der Tasche, gleich im Anschluß, klar. Superfete am Abend. Leider noch ohne Tina damals. „Stimmt's Schatz?" Kein Kommentar. Ja, und dann die Sache mit Mike am nächsten Tag, noch in Siegerlaune. Hätte ich mir sparen können. Hat mich ganz schön runter gezogen. Und keine Tini dabei zum Trösten.

ooo

Paolo der Italiener kommt aus Portoferraio angerattert, gehört zur Club-Crew. Hat uns schon in levantinischer Lässigkeit durch die Papierflut gelotst, bei unserer Ankunft. Vorteile der modernen Welt, das Funkgerät an Bord. An dem klemmt glücklicherweise mal nichts. Vielleicht wäre jetzt der Germane besser. Aber der ist, glaube ich, auch kein Mechaniker. Immerhin alle gutwillig. Eingehende Begutachtung des klemmenden Gaszuges. Passiert aber nicht viel, im Motorraum. Klemmt weiter, glaube ich.

Nachmittags in der Umgebung. Spaziergang am kleinen Strand, grade mal hundert Meter lang. Vollgepackt mit Sonnenschirmen und Liegen, dicht beieinander in sechs Reihen hintereinander. Die nördliche Hälfte leer heute. Aber Gnade Gott in zwei Monaten. Da sitzt dann alles voll, und das auf Kies, auf Kiesel, mein´ ich. Es gibt aber noch zwei andere Strände in der Nähe, einer sogar mit Sand. Ist nicht unser Problem. Beton - Nixe auf einem Felsen, das Modell hatte wohl eine Akromegalie. Kennst du nicht?

Kletterspaß am felsigen Bett eines Sturzbaches, kein Wasser, aber feuchter Lehm. Kröten? Lurche? Im ganzen zu trocken, schätze ich. Dornige Ginsterbüsche beidseits. Unterhalb der ersten Häuser parkt ein rostiges Fahrrad am Hang. Christian übernimmt die technische Überprüfung, die negativ ausfällt, erwartungsgemäß. Es reicht aber für eine Fotodokumentation. Weiter oben eine noch nicht in Betrieb genommene Sommervilla. Fantastisch wilder Bewuchs mit einer Bougainville. Weiter Meerblick über den Hafen mit dem Wehrturm bis über die Bucht und auf das wechselnd grüne und blaue Meer. Lilo pflückt einen wunderschönen, artenreichen Frühlingsstrauß, argwöhnisch von Tina beobachtet.

„Für wen sind die denn?", fragt sie harmlos. Auffällig betontes „die". Es kommt aber keine Antwort. Das macht die Sache nicht besser. Meine Süße kommt zu mir herüber und legt ihren Arm um meine Taille.

„Magst du solche wilden Dinger?"
„Kommt drauf an," sage ich bewußt zweideutig. Aber diesmal beißt sie nicht an. Im Gegenteil.
„Ich bringe dich um!" zischt sie.

Es muß sie sehr beschäftigen, denn sie übersieht, daß da ein versteckter Eingang in das heruntergekommene Gemäuer ist. So eine Gelegenheit würde sie sich unter ausgewogenen Bedingungen sicher nicht entgehen lassen. Ich wohl auch nicht.

Sehr zu ihrem Leidwesen werden die Wildblumen tagelang in einem Einmachglas auf dem Kajüttisch stehen, noch ergänzt durch einen Fliederzweig, der einen weiterer Dorn in ihrem Fleisch bedeutet. Aber so ganz ernst nimmt sie es dann doch nicht. Genug Gelegenheiten, das zu beweisen, ergeben sich immer wieder, zufällig oder geplant. Alles hat seinen eigenen Reiz. Ich hätte auch nicht gewußt, wie ich sie in ihrem Kummer auffangen soll, psychisch natürlich.

ooo

Zum späteren Nachmittag hin reichlich Zeit für eine weitere Wanderung. Marciana soll es sein. Altes Bergdorf, gut für ein Seebären - Abendessen. Spaziergang in die Dämmerung. Tina läuft sich eine Blase an den Fuß. Mitleid abgelehnt. Trost wird akzeptiert. Hält sich mutig, die Arme, trotz Schmerzen. Der Weg wird wegen einer Fehlpeilung immer länger. Einfach nur bergauf, das reicht eben nicht. Ein zotteliger Hund, geboren aus dem Nichts, begleitet uns schon die ganze Zeit. Letztes Jahr war ich auch mal hier oben, an einem segelfreien Sonntag, mit ´nem Mietwagen. Hier oben in Marciana. Auf der Straße, nicht so hier durch das Gestrüpp. Schmale, blumengefüllte Gassen, recht eng überall zwischen den groben Hausmauern. Stattliches Patrizierhaus am Ende einer der Häuserschluchten. Der Hund, gestreichelt, aber ungefüttert, plötzlich weg.

Dunkelheit bei unsere Ankunft da oben. Tina etwas am Ende, die Blase ist aufgeplatzt. „Mann, die Fußblase, nicht die Fruchtblase. Hörst Du schlecht? Sie ist doch nicht schwanger, die Blase am Fuß!" Mißverständnis, schallendes Gelächter. Ziemlich schmerzhaft, denke ich. Tapfer, wie sie mithält. Trotzdem. Verträumter Blick, irgendwie Mutteraugen. Moment mal! Doch nicht etwa… Tief in ihren blauen Augen, da ist etwas, das ich noch nie bemerkt habe.

Meine Liebste macht eine gute Figur beim Essen und Trinken in einem der beiden Lokale des Dorfes. Pizza, Meeresfrüchte, Salate, hinterher Eis. Tina lacht wieder. Unsere Crew In einem Nebenzimmer, dessen eine Türe auf eine große, baumumstandene Terrasse führt. Im

Hauptraum die obligatorische Theke, an einem Gestell an der Wand der Farbfernseher, dröhnend, Wild - West - Lärm. Verlorene, gelangweilte Gesichter. Besonders die wenigen jungen Leute können einem leid tun, hier oben in den von Seeklima gequälten Bergen. Niemanden interessiert hier die grüne Scirocco - Vegetation.

Schon dreiundzwanzig Uhr dreißig. Lilo und Tina in ein Taxi und ab zum Hafen. Chris und ich unermüdlich, seemannshart auf dem Weg. Mitternacht, Hafenstraße, Wiedersehen mit den Mädels. Alle müde, aber sonst alles in Ordnung. Desinfektion der Blase, Verband drüber, fertig. Keine Saison, keine Dusche, sowieso zu spät. Diesmal lebe die Einzelkoje. C´est la vie. Così è la vita.

Dienstag, 01. Mai.

Der coup de vent ist tatsächlich nicht bis zu uns rüberge-
kommen. Himmel bedeckt, mäßig windig. Gemeinsames
Frühstück im Cockpit. Aufklaren, Wasser bunkern, Leinen
los und ab in Richtung Korsika. Das ist der Tagesbeginn.
Kein langes Anstehen beim Hafenmeister, kein ätzender
Papierkram wie in Portoferraio, wo ich (Skipperhammel)
eine gute halb Stunde hatte warten müssen.

Und ab nach Macinaggio auf West-Nord-West. Gutes
Vorankommen, braves Schiff. Später eine Kreuzpeilung
achteraus auf die Südhuk von Capraia und die Ostecke
der im Dunst versinkenden Insel Elba. Voraus Profile des
korsischen Höhenprofils am Horizont. Garnicht   mal so
weit weg. Nur einige Meilen weiter. Die einzige Häuser-
ansammlung in diesem Küstenbereich kommt in Sicht.
Macinaggio. Nördlichster Hafen an der Ostküste Korsikas. Umfangreiche Erweiterungsarbeiten, wie schon im
letzten Jahr. Platz für mehr Yachten. Mehr Umsatz. Stei-
gende Wut der Einheimischen. Nervende Touristenmas-
sen. Deutsche, Briten. Russen, krasivaya strana zdes'
deshevo. Ja ja, billig und schön, gut erkannt, Boris.

Verlängerung der Ostmole, dahinter ein im Sommer wunderschöner Strand, soweit man ihn dann sehen kann.
Flach abfallender, feiner Sand. Tina: „Wie auf Sylt, gell,
Liebster, weißt Du noch?" Wohl weiß ich noch. Habe
kaum was davon gesehen. Draußen immer die Dunkelheit, nachts. Und tagsüber viel Schlaf, so oder so. Wir
hatten uns gerade kennengelernt. Du weißt, was das ich
meine.

Aufschüttungen an der neuen Mole im Norden, verdammt schmale Einfahrt in das Hafenbecken.

„Fender raus, los, schnell."

„Jetzt schon?"

„Ja, zum Teufel, macht schon, Ihr Landratten."

Nur fünfzehn Meter Breite. Genug Platz für die Hanseatica? Schon, an sich, aber vor der Nordmole lagern Felsen unmittelbar um den Molenkopf herum. Deutliches Bild im klaren Wasser. Freihalten ist angesagt. Also südlich daran vorbei gemogelt und an die Pier. Festmachen an Muringketten. Römisch - katholisch, du verstehst? Mit dem Heck voraus. Lilo grinst, Chris hat nicht zugehört. Unbefangenes Lachen von Tini. Lieblicher Augenaufschlag, herzerwärmend. Ob sie' s verstanden hat, das bleibt eines ihrer kleinen Geheimnisse.

Stolz liegt unser Schiff im Wasser, der kraushaarige Korsenkopf flattert unter der Steuerbordsaling. Schöner Augenblick. Das Heck spiegelt sich klar im Hafen. Einige Fotos, Pol-Filter natürlich, Spiegelbild des Yachthecks. Tolles Motiv.

Marmorduschen. Italien und sein Marmor. Gesamte Mannschaft zur Wäsche abkommandiert. Weithin bekannt, dieses Kulturdenkmal, jedenfalls bei Seglern. Ordentlich gekachelt, sauber, sogar geöffnet, obwohl die Saison gerade erst Anlauf genommen hat. Und noch Feiertag, hier in Italien, heute.

Super, das mit dem warmen Wasserstrahl, überall, wo man ihn hinhaben will. Runter mit dem Mehrtagesschmutz. Kostenlos chlorhaltige Luft zum Einatmen. Hygienemaßnahme. Sogar hier. Fußpilz? Sehen wir mal. Frag´ in ein paar Tagen wieder nach. Dann wissen wir's, denke ich. Prasseln und Plätschern auf dem Kopf, herrlich. Vergleichbares werden wir in den nächsten Wochen nicht wieder zu fassen bekommen. Also nochmal Wasser marsch. Dann aber doch Ladenschluss. Adesso devi andare, per favore. Jetzt raus hier. Noch schnell die Toilette, per favore. Weiches Papier, erstaunlich, und doch so griffig. Dreisterne - Verdacht.

Blinkendes Licht hinter der Ostpier, Spiegelungen auf der leicht bewegten See. Die Konturen des Schiffsrumpfes leicht auf und ab. Überall Katzen, hungrig schnurrend, Felldefekte. Ohrschlitzer. Eine große Ruhe legt sich über mich, in diesem Augenblick. Das Heck der Hanse noch sonnenbeschienen. Weitere Fotos. Urlaubsalbum. Eltern, Freunde, Kollegen. „Oh wie wunderbar, ihr seid zu beneiden. Und das alles nur zu viert." Geht es da um die Charterkosten, oder was?

Nach dem Duschen kommt das Essen. Ungeschriebenes Naturgesetzt. Man kann es auch umkehren. Ändert wenig am Appetit, schon gar nichts am Geschmack der italienischen Küche. Problem Feiertag, wie ich schon sagte. Wenig Lokale hier, weniger offene Türen. Am wenigsten auf der Karte, Preise entsprechend hoch, zum Ausgleich. Genau wie im letzten Jahr. Beruhigend, daß die Zeit hier still steht. Stehgetränke an der Theke. Drei Tische im Saloon. Würfelspieler knallen einen Full House auf die Tischplatte. Becher klappern, Gesichter angespannt. Stühle rücken. Lautstärke hoch im Saal. Übel riechender

Tabak, was für ein Kraut ist das denn. Einzeltisch neben dem Eingang. Ein offensichtlich oligophrener, junger Mann. Schmuddlige, dunkle Weste, war vielleicht mal heller. Uhrentäschchen, leer. Lotteriges Hemd, auch dunkel, sicherlich mal sauberer. Riesenhut auf dem Kopf, findet an den abstehenden Ohren sicheren Halt. Starrer Blick in Richtung auf die Spieler, unbewegt. Dann huscht ein versteckter, schneller, angstvoller Blick über sein leeres Glas hinweg zu uns Fremden, der doch nichts wahrnimmt und selbst nicht wahrgenommen werden will. Sehr bedrückende Atmosphäre. Armer Mensch, alleine gelassen, belächelt, ohne Hoffnung auf irgend etwas. Ehrliches Bedauern. Betroffenheit. Wie gut geht es uns. Schlechtes Gewissen? Ich bin froh, daß wir wieder gehen, weil wir beschlossen haben, lieber an Bord zu kochen.

Wer hat Backschaft heute? Egal, alle leisten Bemerkenswertes. Schon mal in einem engen Loch Pfanne und Topf über einem Gaskocher geschwenkt? Das ist Küchendienst auf der Hanseatica. Weißt Du eigentlich, was der Name bedeutet? Ist eher was für Norddeutsche. Hamburg, Bremen, Lübeck. Wismar, Greifswald. Das reicht.

Wer immer also Dienst hatte, es gibt, bella Italia mal wieder, köstliche Spaghetti mit irgendwas dazu, vor allem vino tinto. Sag´ ja nicht „rosso", damit fällst Du nämlich unangenehm als tumber Ausländer auf. Wenn nicht schon dein lächerlicher Teutonen - Akzent hierfür ausreicht. Oh pardon, wir sind ja schon in Frankreich, also was ich sagte, bitte auf Frankreich ummünzen. Désolé!

Kerzenlicht auf dem ausgeklappten Kajüttisch. Die Blumen. Kann die nicht mal jemand wegnehmen? Ein langer Abend wird es nicht werden, diesmal. Gute Nacht, Leute, schlaf schön, meine Geliebte..

Mittwoch, 2. Mai

Immer noch Cap Corse an Backbord, wie ein mahnend erhobener Finger am Nordende der Insel, als wolle er sagen: „da seht hin, dort oben liegt mein Mutterland Frankreich. Vive la France." Von dort kommt auch der Mistral.

Macinaggio schon seit dem Auslaufen am Morgen achtern hinter uns. Tagesziel ist St. Florent, das bedeutet einmal um den Fingernagel herum. Ein richtig wolkenloser Segeltag. Tina im Hemdchen auf dem Deck hingegossen. Sonnenbaden. Hautcreme. „Machst du mal, Schatz?" Das Leben genießen. Kicherndes Wasser unter dem Kiel. Freiwache. Muße für alles und nichts. Soll ich vielleicht jetzt mal fragen..? Heikles Thema. Angst? Schuldbewußtsein, unterdrückte Panik? Eigentlich nicht. Warum auch. Es ist ja auch nur ein vager Verdacht. Vage? Doch schon etwas mehr. Ich setze mich neben mein Sonnenluder auf das Kajütdach.

ooo

„Du, Süße?"
Ja, was ist?"
„Das wollte ich DICH fragen."
„Wie war das?"
„Was ist mit deiner Blase?"
„Ach das meinst du." Tina hebt etwas den Kopf, blinzelt zu mir ´rüber.
„Das meinst du also." Sie rollt sich auf die Seite und legt

ihren Kopf auf mein Bein. Ihr Blick macht eigentlich jedes weitere Wort überflüssig.

Aber jetzt will ich es wissen, genau wissen. Sie bemerkt es. Sie hebt ihren linken Arm und fasst nach meiner Hand. Wir verschränken unsere Finger wie in einem gemeinschaftlichen Gebet, obwohl sie mit Kirche mehr am Hut hat als ich, jeder aus seinem eigene Grund. Wirklich, wir sind doch schon verheiratet, eigentlich. Was heisst Hochzeit. Hohe Zeit. Die haben wir schon seit dem ersten Tag, an dem wir uns kennenlernten. Höher geht's einfach nicht. Doch schon, wenn das mit der Schwangerschaft stimmt. Wenn sie sagt, ich sei ihr Liebster, dann heisst das doch nichts anderes als : du bist mein Mann. Hört sich fabelhaft an. Und ich sage dann : du bist meine Süße. Und das bedeutet: du bist meine Frau. Und jetzt sind wir auf unserer Hochzeitsreise. Was soll das: Papiere. Gratulation. Muttertränen. Kumpelgedränge. Blumenstrauß womöglich und sowas wie Brautjungfern in rosa Kleidchen. Was war das gleich nochmal? Wo kriegt man die her? Aha, nur Minderjährige noch. Wenn Du es sagst. Trauzeugen haben wir aber schon dabei, was Chris? Für eine offizielle Zeremonie ist das Schiff aber etwas zu kurz. Alles nur Gerüchte. Wenn überhaupt, dann nur unter Maltesischer Flagge auf hoher See, zum Beispiel. Oder auf 'nem Kutter, auch nur mit einem Standesbeamten. Alles andere ist Seemannsschnickschnack.

Sie sagt : „Endlich alles klar an Bord, Mann?"
„Ja, Frau, jetzt schon." Ihre Ohren leuchten rot auf. Heisere Stimme, etwas vibrierend. Hüsteln.
„Du hättest es als erster wissen können, Du warst doch

so nah dran."

„An was?"

„Na, an mir."

„Wie, an dir?"

„Hast du dich nie gefragt, ich meine, seit wir zusammen wohnen, warum ich so anhänglich bin?"

„Bemerkt hab´ ich das schon. Hat mir auch gut gefallen. Ich dachte, es wäre die neue Umgebung. Deine Eltern zu Besuch. Das französische Menü, das wir zusammen für sie gekocht haben. Und wie dir dann übel geworden ist. Zuviel Ingwer. Aber davon mal abgesehen. Klar, daß dich das angemacht hat, nach der Studentenbude, unter dem Regiment der Concierge mit Blockwart-Mentalität. Ist doch normal. Mein Gott, war das ein männerfeindlicher Drachen. Weisst du noch?"

„Das schon. Aber auch das andere."

„Was andere?"

„Überleg´ doch mal. Was hat dich denn so wild gemacht?"

„Mmh, tja.."

„Ihr Männer. Weisst du´s wirklich nicht? Keine Idee?"

„Ehrlich gesagt, nein."

„Jedes Baby könnte es erklären, wenn es schon sprechen würde."

„Jetzt versteh´ ich garnichts mehr, sorry."

„Was machen denn die Babies mit ihren Müttern, oder vielmehr an ihren Müttern? Na?"

„Quengeln? Haare zerren? Rumgegrapsche? Ne, jetzt weiss ich's. Auf dem Schoß rumhopsen, stimmt's?"

„Oh Gott, wenn ich dich nicht so lieben würde! Die haben doch auch mal Hunger. Und dann?"

Jetzt hat sie mich. Jetzt bin ich es, der rot wird. Ich spüre es genau, knallrot. Liebesrot. Aber nicht, weil ich mich schäme oder verlegen bin. Ganz anders. Ich stelle mir das vor, was sie die ganze Zeit gemeint hat. Und das macht mich toll. Ja, natürlich. Richtig wie weggeflogen wirkte sie, wenn ich ihr Baby war, in dieser Hinsicht. Und das soll ein Zeichen von Schwangerschaft sein? Da bin ich aber früher, noch bevor ich sie kannte, öfter mal Hans im Glück gewesen, in doppelter Weise, sozusagen. So ist das also. Davon werde ich ihr aber nichts erzählen. Wäre nicht fair. Ist ja auch völlig unwichtig jetzt. Da habe ich, scheint´s, meine orale Phase durch alle Unbilden des Lebens am Leben erhalten können. Schafft auch nicht jeder. Und Tini, wenn ich das bei dieser Gelegenheit mal anbringen darf, hat ihre Nagetierphase auch immer noch nicht abgelegt. Warum? Weil sie gern an mir herumknabbert. Bei meiner Nasenspitze angefangen. Pass doch auf, sei bloß vorsichtig, das tut weh. Männergejammer, obwohl es so gut tut.

Sie hat es gesehen. Ich glühe immer noch. Ganz sicher. Ihr Gesicht strahlt. Auch unsere anderen beiden Hände falten sich ineinander. Sie hat sich dafür zu mir hochgesetzt. Ich kann jede kleine Einzelheit in ihrem glücklichen Gesicht sehen. Ich trinke sie alle, sauge sie in mich hinein, kann nicht genug davon bekommen, von der frechen Nasenspitze, die so schlank in einer unvergleichlich perfekten Linie zu den Augenbrauen hochzieht, so küssenswert die glatte, leicht gewölbte Stirn, die den blonden Haaransatz trägt, das zart blaue Äderchen an ihrer Nasenwurzel, und erst die Augensterne, die blauen, die mich fixieren, leicht verschleiert glücklicherweise, weil ich sonst ihre Strahlung, ihre Ausstrahlung   nicht ertragen könnte. Die Iris ist wie der Blick in ein Kaleidoskop, farbig und vielgestaltig, so wechselnd auch in ihrer feinen Struktur. Nein, bitte nicht noch ihren Mund beschreiben. Das halte ich nicht aus. Wie die Lippen unmerklich anschwellen und sich in ihrer vollendeten Form verändern, wenn sie ein Wort bilden wollen, oder auch nur ein Lächeln sich anbahnt.

Das ist die totale Hypnose, die meine kleine Hexe wieder einmal anwendet, und ich bin so hilflos, so süchtig danach, so unendlich voll mit Serotonin und Dopamin. Freudenbringer. Der ultimative Trip. Endogenes Doping praktisch. Tatsächlich, jetzt weiss ich es. Und sie weiss, dass ich es weiss. Und dann spricht sie es aus. Zum ersten mal sagt sie es für mich: „Wir bekommen ein Kind." Und für sich sagt sie es auch. Ich höre, wie sie es geniesst, als hätte sie einen Haschkeks gegessen.

Ist sie nicht zum Küssen meine kleine Tini? So cool habe ich sie noch nie erlebt. Immer neue Überraschungen. Frauen eben. Die großen, unbekannten Wesen. Stimmt, der Satz. Kann ich nur bestätigen. Neben mir liegt der immer noch mädchenhaft schlanke Beweis, der schönste, den man sich vorstellen kann. Im November also, genau wie ich. Unfassbar.

„Da könntest du wohl recht haben", sagt sie, anscheinend zusammenhanglos. Kann sie etwa meine Gedanken lesen? Hatte schon wiederholt den Eindruck. Sie sagt öfter Dinge, die ich überlege, oder die das beantworten, was ich gerade denke. Intuition, Empathie, weiß nicht. Es gibt zum Beispiel Tage, an denen ich mich ermattet fühle, du verstehst schon, so als Mann. Ja, das kann' s auch in meinem Alter mal geben, kannst mir glauben. Sie bemerkt es wohl, ist ja nicht schwer, lässt mich dann in Ruhe, bietet sich nicht mal vorsichtig an, ganz im Gegensatz zu sonst. Sensibilität. Zurückgezogene Bescheidenheit. Erspart verlegenes Nebeneinanderliegen, heimliches Herumwälzen, soweit das heimlich überhaupt geht. Eben all der Kram, der Ehen kaputt machen kann. Entweder man redet dann drüber (Du, das macht doch nichts, kann immer mal passieren, ist wirklich nicht schlimm, dann halt nächstes mal…so in dem Stil, auch wenn dieses Wort im Zusammenhang nicht besonders geschickt gewählt ist. Anerkanntes, klassisches Ehekiller-Drehbuch). Oder du hast ein Engelswesen neben dir, das jedes Wort überflüssig macht, dessen feinsinniges Verhalten Dir zeigt, dass es alles, was es macht, vielmehr nicht macht, ehrlich meint und fühlt. Das ist ein Stück Paradies, oder wenigsten eine Oase in einer versandeten Situation.

○○○

Mir ist plötzlich alles egal. Ich ziehe sie an mich, lege meine Arme um sie, halte sie fest. Meine Arme wie die Tentakel eines Tintenfisches um ihren Leib geschlungen, sitze ich einfach nur da und staune, wieviel Glücksgefühl auf einmal in einen Menschen hineinpasst. Sechs weitere Arme wären cool jetzt, denn jeder weitere Quadratzentimeter meines Körpers, mit dem ich diese Frau berühren könnte, wäre ein zusätzliches Geschenk.

Sie ist meine Geliebte in erster Linie, mein Mädchen, meine angebetete Seejungfrau. Naja, nicht ganz.. Etwas anderes würde ihr sicher auch nicht schmecken. Ich beschließe, den Blumenstrauß aus der Kajüte zu entfernen. Alles würde ich für sie tun, ab heute für sie beide.

Tini unvermittelt: "du, Schatz, weist du, daß ich deine Unterarme unheimlich sexy finde?"
„Warum das denn?"
„Weil sie so eine ästhetische Form haben. Das passt zu dir. Halt´ mich ganz fest mit ihnen, ja, genau so."

Schmerzende Muskeln mit der Zeit. Bizepskrämpfe bahnen sich an. Trotzdem: so schön kann Freiwache sein, denke ich. Wind, Rauschen, Sonnentage. Segelstimmung, unzerstörbares Beieinander, befreiter Blick in die Zukunft, keine Verlorenheit mehr, keine schmerzende Ungewissheit, wohin.

Um das noch eben zu bedenken: Die Anzahl der Crewmitglieder auf einmal ungerade, gutes oder schlechtes Omen? Blöde Frage. Oder vielmehr gar keine Frage. Und die anderen? Ich überlasse es Tina, ob, wann, wie, warum, wo. Es ist allein ihre oder unsere Sache. Und was für eine. Bis zum Mond und wieder zurück? Nein, viel weiter reicht mein Gefühl für diese wunderbarste aller Frauen. Wahrschau! Nicht über Bord fallen vor Begeisterung, Papa. Wie das klingt: Papa. Wie es klingen mag aus dem Munde eines Kindes, ihres Kindes, unseres Kindes? Wie soll ich die Zeit bis dahin nur überstehen. Kannst du dich nicht etwas beeilen? Ob mehr Essen da was hilft? Oder anderes? Meine Unterstützung ist dir gewiß.

Ich sage ihr meine Gefühle zum ersten mal so eindeutig, so offen und unumwunden, sozusagen frei ins Gesicht. Tränen. Schluchzen. Aneinander pressen. Sprachlosigkeit unter der lachenden Sonne des Mittelmeers. Das Schiff wiegt uns wie zwei, ich meine drei Babies in einen Erschöpfungsschlaf. So kräftezehrend kann Glück sein. Richtig aufdringliches Glück.

°°°

„He, ihr Klabautertiere, ihr seid dran mit der Wache, auf auf, Reise Reise." Kann das sein? Über eine Stunde auf Deck im Tiefschlaf. Sonnenbrand. Salbenverbände auf Rücken beziehungsweise Gesicht. Geht alles vorüber. Matrosenschicksal. Elternschicksal.

Wie einen Fühler streckt das Cap Corse seinen zwanzig Meilen langen Körper nach Norden in das Ligurische Meer hinein. Diese Region wirkt in ihrer Erscheinung anmutiger als das sonst so wilde Korsika. Was haben wir da verschlafen.

Ile de la Giraglia. Klingt eher doch italienisch. Bewegte Geschichte. Rechtzeitiges Erwachen doch noch. Eine Schule Delfine umringt uns, überall gleiten, überraschend jedes mal, dunkle Leiber hoch und verschwinden in Bogensprüngen. Krönung der Vorstellung: unfassbar, wenig später hebt sich an Backbord, nur hundert Fuß entfernt, das Wasser, und ein gewaltiger Walrücken schiebt sich hoch, größer als unser Schiff, majestätisch, grandios. Auf dieses Omen haben wir gerade gewartet. Der dicke Kerl wird der unbekannter Pate für unser Kind sein. Wir sehen uns an und denken das Gleiche. Sentimental? Kitsch? C'est juste notre affaire.

Keine Kamera schußbereit. Konzentration auf das Erleben, nicht auf die Bildtechnik. Außerdem sind wir zwei Zeugen. Glaubhaft. Trotz Glückstaumel und Schwächung durch Sonnenbrand-Schmerzen. Wale sind sehr selten in diesen Gewässern. Das bestätigt uns in der Annahme einer Fügung, die nur uns gilt. Passt alles so gut zusammen. War etwa dieser ganze Törn schon von vorn herein manipuliert? Eine Walkampagne?

Südlich von Giraglia durch, eine gute Meile Distanz zwischen den beiden Inseln. Mit dem Glas Teile der Ruinen der Kapelle San Pasquale. Wenig überzeugend.

Noch so um die zwanzig Meilen runter also bis St. Florent., Luftlinie gerechnet. Bei dem heute vorherrschenden Scirocco heißt das, nach dem Capo Bianco auf Südkurs gegenan kreuzen. Oder unter Motor. Der Gaszug. Risiko. Wie also? Neugier auf den angekündigten glutroten „Cap Corse", dessen Trauben auf den Rebhügeln von Rogliano reifen. „Ein Spitzen - Aperitiv", wie unser Gourmetpriester mehrfach versichert. „Das beste Lokal der Welt findet Ihr in Saint Florent. Kein Risiko." Kühne Behauptung von Chris. Aber er muss es wohl wissen, denn er war schon mal dort. Und er ist kein Großmaul. Schon bei der gemeinsamen Planung zuhause schwärmte er immer davon. Jetzt kann er den Beweis antreten. Wenn wir dort sind. Wir riskieren. Lustig ist das Matrosenleben. Ohne Probleme Festmachen am Steg. Logbucheinträge korrekt. Abmarsch in den Ort, vierfacher, pardon, fünffacher Hunger im Gepäck.

Lilo kramt mit Mann an Deck Leinen und Segel zusammen. Restlicher Wachdienst. Tina und ich in Hochstimmung. Wir ziehen los. „Nur eine halbe Stunde, sind gleich wieder da, macht´s gut." Besichtigung des Hafens und der umliegenden Häuser. Anschließend einige Seitenstraßen. Immer am interessantesten. Eine geöffnete Bank. Gut zum Devisen abheben. Am Südrand der Ortschaft aufwärts die Straße entlang, zweihundert Meter. Nach links runter Aussicht auf eine kleine Bucht hinter der Westseite des Hafens, den Ortsrand begrenzend. Vom Hafen aus nicht zu sehen. Verdeckt durch eine Häuserzeile. Geradeaus, am Ende der Straße, querstehend, ein ummauertes Polizeigebäude. Fenster alle geschlossen. kein Posten. Abendessen vielleicht. Streik eher nicht. Wieder mitten zwischen Geschäftsstraßen. Hübsche Blusen im Schaufenster einer Boutique. Tina schlägt nicht zu. Vernunft. Genügsamkeit. Desinteresse. Undefinierbare Frauenseele.

ooo

Mannschaftsansturm auf das Spitzenrestaurant von Christian. Nicht direkt am Hafen. Keinesfalls. Wir überqueren die Ortschaftsgrenze. Häuser werden spärlicher, jedoch zunehmende Üppigkeit von blühenden Rosen und Geranien. Iris, so blau wie die Augen meiner Süßen. Ich entdecke einen schwarzen Käfer, unglücklich, hilflos, auf dem Rücken liegend. Fußgezappel. Gefährlich nah an einer Ameisenstraße. Du weisst, was das bedeutet, oder?

Glück gehabt, bisher. Man hat ihn noch nicht entdeckt. Oder, die schlechtere Variante, man wartet, bis er sich müde gestrampelt hat. Leichte, fette Beute dann gerade rechtzeitig zur Abendzeit. Letztlich unbefugt, aber von Mitleid angetrieben, greife ich in das Naturgeschehen ein und helfe dem armen Tier wieder auf die Beine. Die Crew mittlerweile weit voraus. Links und rechts des Weges hüfthohes Efeu und Geißblatt, mauerüberwuchernd, duftend, insektenumsummt. Kleine drachenähnliche Flitzer, in Ritzen verschwindend. Eine Smaragdeichechse in schillerndem Grün, ohne Schwanz allerdings. Dennoch bewundernswert. Sonnige Hitze flimmert über dem Weg. Vorbei an einer frisch - grünen Wiese. Ich habe wieder Anschluß gefunden. Schweißperlen. Durst. Schatten unter mächtigen Bäumen am Rand der Wiese, schon beachtlich belaubt für die Jahreszeit. Erholsame Kühle. Braune Ziegen mit langen Bärten zupfen ihr frisches Futter. Weiter vorne, am Ende der Grünfläche, mehrere verrostete Waschbecken als stumme Zeugen einer großen Vergangenheit. Reste eines Campingplatzes. Seitliche Mauern enden, der Weg führt nun auf einen kleineren Querpfad. Rechts davon träumt hinter einer kleinen, steinernen Einfriedung eine bescheidene Kapelle vom Ruhm prächtiger Kathedralen. Unpassend bunte Ziegel auf dem spitzgiebeligen Dach. Der Eingang ist mit Brettern grob vernagelt. Der ganze Bau erinnert mich an griechische Klöster auf dem Peloponnes. In Miniaturausführung, versteht sich. Keine Chance, da rein zu kommen, lieber kunstfreudiger Wanderer. Wir wenden uns nach links, dem grünen Pfad folgend. Ich hole die anderen wieder ein, die sich während meiner Kulturdusche weiter bewegt haben. Chris mit Tini im Gespräch. Doch nicht…? Ne, glaube ich weniger, es wäre zu profan.

Dichte, hohe Hecken umsäumen uns, ab und zu ein Durchschimmern dahinter liegender Wiesen. Wunderschöner Spaziergang, kann man nicht anders sagen, durch die korsische Natur. Süßer Duft kommt mit dem leichten Abendwind von irgend woher. Tiefe Atemzüge in der angenehmen Luft.

Das Spitzen - Restaurant, ich weiß ja, schon zum dritten mal, die Auberge also wird von Roberto geführt. Wie passend, danke, Chris. Sauberes Haus, ganz nett (Schimpfwort entsprechend Tinas Interpretation), wenig geschmackvoll eingerichtet, nach meiner bescheidenen, aber konkreten Vorstellung. Höflicher Empfang an der Bar, der vorsaisonlichen Situation entsprechend. Gratis-Getränk zur Begrüßung. Welche Ehre, was? Man ist freundlich zugewandt, aber keinesfalls servil. Gott sei Dank, das hätte ich nicht ertragen. Entspräche nicht meiner Vorstellung vom Umgang miteinander. Auch nicht der meiner besseren Hälfte. Oder soll ich sagen meiner besseren zwei Drittel? Wie auch immer, wir sind angemeldet, der Kamin brennt eine heimelige Atmosphäre in den eher kargen Raum. Das entgegenkommende Verhalten von Roberto allerdings als Freundschaftsangebot zu interpretieren, wäre völlig daneben. Davon halten mich auch, abgesehen von anderen Überlegungen, meine insgeheimen Beobachtungen ab. Ein überlegenes Augenzwinkern zu seinen Angestellten hier, ein listiger Blick da, überhaupt der fuchsartige Ausdruck gegenüber seinen arglosen Gästen, wenn er sich unbeobachtet glaubt, das ist schon eine deutliche Sprache. Da ich nicht an der Bar sitze und mittrinke, gratis, kann mir das alles nicht verborgen bleiben. Aber wer möchte ihm das übelnehmen. Besonders witzig erscheint mir unter diesem Blickwinkel seine geduldige Bereitschaft, sich mit uns allen fotografieren zu lassen. In solchen Momenten macht er das Gesicht eines Kummer gewohnten Bernhardiners. Bilder also vor seinem Lokal, ein unbedingtes Bedürfnis von Chris. Nur er alleine weiß, warum. Eine hüfthohe Dogge trabt lammfromm um uns herum und stößt mich liebevoll in die Magengrube. Dazu muß er sich etwas herab bücken. Sehr lustig. Auch sein Name. „Fifi," ruft ihn Roberto, Betonung auf der zweiten Silbe. Vornehm. Und mit langem „i". Fifiii. Klingt genau so wie „cherie", oder „merci."

Serviert wird ein schmächtiger, aber schmackhafter, zarter Hase, mit Kräutern des Landes gewürzt. Nur Lilo kann ihre Gier nach einer Fischmahlzeit nicht bezwingen und bekommt drei dünne Gräten auf den Teller, an die sich blasse Filets klammern, eben so schwindsüchtig wie der Hase. Sie hat ihre Mahlzeit beendet, ehe wir andern unsere Suppenlöffel aus der Hand legen. Dafür hat sie einen schlank gewachsenen Körper. Den hat Tini aber auch, stimmt's? Obwohl sie ein Carnivore ist, wie ich. Ab und zu. Carnivore? So was ähnliches wie Kannibale. Nur mit Tieren.

Wo war ich stehen geblieben? Ach ja, das Spitzenlokal. Unsere lange Tafel verläuft parallel zu der von drei Fenstern durchbrochenen Rückwand eines Nebenraumes. Tina und ich sitzen mit dem Rücken zur Wand, physisch, nicht übertragen gemeint. Niemand bedroht uns, nicht wahr, Fifi? Rechts können wir den Kamin brennen sehen. Daneben hat man einen kleinen Tisch platziert. Ein Herr Ochsenfrosch diniert mit seinem verehrten Fräulein Qualle (Entschuldigung, aber der Vergleich trifft es hundertprozentig). Vermutlich das Käfermenü, garniert mit grünen Algen an Senfsoße. Beträchtlicher Altersunterschied, wie so oft bei dieser Konstellation. Aber was geht das mich an. Muß recht heiß sein da am Feuer, Flamme neben Flamme.

Recht voraus, in der Seemannssprache, geht es in den Durchgang zum großen Speisesaal, Essraum sagen wir mal lieber. Dort findet man, nach links gerichtet und dem Ausgang zugewandt, die bekannte Gratis-Bar, gemütlichrustikal mit Strohdachkonstruktion unter der Saaldecke. Rechts gegenüber gehen die Türen für Madame und Monsieur nach außerhalb. Wer weiß, wohin. Nebenräume? Der Wald? Man denke an Versailles in seiner Blütezeit. Auch das ist Frankreich. Napoleon war mal da. Vor oder nach Elba? Da müsste ich erst nachlesen.

Zwischen den beiden wenig diskreten Türen der Stammplatz einer grauenvollen Kommode. Der Anblick hilfreich vor dem Toilettenbesuch. Magen - Darm - Aktivierung garantiert. Gesünder als bestimmte Medikamente. Eine Gesundheitskiste sozusagen. Altes Erbstück von einem Apotheker, würde ich sagen. Auf alle Fälle vorletztes Jahrhundert. Stilmäßig sicher nicht aus Versailles. Aber auch aus Holz. Übrigens, ernst zu nehmende Konkurrenz in Gestalt einer Obst - Gemüse - oder sonstigen Schale auf dem Möbelstück. Passen gut zueinander. Gekonnt abgestimmt. Zur Abmilderung der erregenden Eindrücke eine Foto-Reproduktion aus der Kommodenzeit. Auch zwischen den bewußten Türen. An der Wand. Leider keine Kerzenleuchter. Mangel im Arrangement. Oder im Portemonnaie. Wäre ein stimmungsvoller Altar geworden, um einiges zu opfern. Hinter den Türen selbstverständlich. Il va sans dire, unter kultivierten Menschen.

Das Bild übrigens: zeitgenössische Darstellung einer kopfsteingepflasterten Straße unter großen, in den Kronen sich mischenden Bäumen, viele Menschen unterwegs, zeitgemäß gekleidet. Rechts neben der diagonal durch das Bild laufenden Straße der Verlauf von Häuserfronten, wie man sie heute noch genau so sehen kann, auf Korsika. Das ganze vierzig mal sechzig Zentimeter, schwarz gerahmt. Schon beeindruckend. Ich gebe zu, ich bin eingefangen von der Stimmung auf dem Bild. Es ist mir schon vor dem Essen auf meinem Inspektionsgang aufgefallen, Tina zu meiner rechten, viel „ah" und „oh". Wer weiß, warum. Die restliche Crew immer noch zum Aperitif an der Theke. Jawohl, gratis.

In unserem Speiseraum gibt es links noch einen weiteren, langen Tisch, an dem sich zu späterer Stunde zehn hörbar gut gelaunte Gäste niederlassen. Bitte jetzt kein gemeinschaftliches Volkslied. Ein untersetzter, kahlköpfiger Bullentyp, offensichtlich Leithammelrolle wie ich, schwenkt mit seiner Videokamera herum und filmt alles, was beweglich oder auch starr in die Linse passt. Klar, auch Tina muss da hinein, gedankenverloren am Kamin lehnend. Sowas beherrscht sie. Modeltalent. Kann ich irgendwie nachempfinden, so von Mann zu Mann. Sie sieht wirklich unglaublich sexy aus mit ihrer Strubbelfrisur. Kindhafter, unschuldiger Lolitatyp. Wird ihm weiterhelfen, der Streifen, bestimmt. Fleischgesichtiges, entschuldigendes Lächeln in meine Richtung. Sowas von liebenswürdiger Freundlichkeit. Ich bin beeindruckt. Vielleicht nicht ganz so wie er.

Nach Hase, Fisch, Salat und Wein fällt der Rückweg leicht, zunächst. Vorsichtshalber, besser: klug vorausschauend, nehmen wir die Landstraße, die, von Santo Pietro di Tenda kommend, direkt an uns vorbei zieht, runter nach Saint Florent. Der Weg durch die Blütenwildnis scheint in der Dunkelheit nicht empfehlenswert. Blüten sowieso geschlossen um diese Zeit, wie das Restaurant.

Balzende Auerhähne, harte Knackgeräusche, die der Meinigen nicht imponieren würden. Antwort von weit her. Klingt wie das Echolot in „Die Caine war ihr Schicksal." Kennst du sicher. Coole Seeschlachten. Ergänzung der Geräuschkulisse durch immer wieder beliebte Gala - Quak - Konzerte aus den Froschkolonien in den Feuchten Wiesen. Einer der stimmungsvollsten Heimwege.

ooo

Donnerstag 03. Mai

Früh. Ziel Calvi. Diesel und Wasser nachbunkern. Durchzählen. Alle Mann an Bord. Ein blinder Passagier, gut versteckt. Denn man Leinen los. Wieder Vorsicht südlich der Untiefe Ecueil de la Tegnosa, deren rote Turmbake ist gut auszumachen. Zitadelle Saint Florent. Rundes Bauwunder mit drei Türmen und hochliegender Fensterreihe ringsum. Unübersehbar. In der Bucht harter Nordwest mit gut sechs Beaufort. Wo ist der Scirocco geblieben? Gleich hinter Tegnosa Verkleinerung der Segelfläche. Überlebenswichig für Schiff und Mannschaft. Gegenan kreuzen? Wie denn mit drei Reffs im Groß und Tanga-Sturmfock. Wäre auch wenig Raum für Manöver. Also nichts wie runter mit den Lappen. Bringen sowieso nichts außer Gefahr. Allgemein akzeptierte Entscheidung des Skippers.

Gute Mannschaftsstruktur übrigens. Einer für alle? Diskussionen wären nicht zielführend, auf keinem Schiff der Welt. Etwa so: „…schlage vor, wir setzen uns eben mal zusammen und überlegen, ob man nicht vielleicht erwägen sollte, die Fockschot an Backbord doch lieber links herum um den Block…was war das jetzt? Großsegel eingerissen? Ja, gleich…wenn ihr alle einverstanden seid, könnten wir darüber abstimmen, ob…und wer…und wie…ach, was war denn das schon wieder? Auch die Fock jetzt? Schaut doch bitte mal jemand nach…ja dann könnte man doch vielleicht…wenn ich mal die Erfahrung von meinem letzten Törn einbringen dürfte…warum nicht ich…haha, gerade du mit deinem… fassen wir zusammen...was haltet ihr von einer schnellen Runde brainstorming?...also wenn es allen recht ist, Lilo, Tina, Chris, sagt doch auch mal was...he Robert, was ist denn mit dem Mast? Du bist doch unser Skipper, tu endlich was... Hilfe, SOS, Mayday." Fortsetzung der Diskussion auf dem Deck des Seenot - Rettungskreuzers: „also wer hat eigentlich...wieso denn ich, du bist doch.." und so weiter. Und da wir nicht gestorben sind, leben wir noch heute, danke auch schön, Skipper! Also kurz und bündig: so nicht, Leute.

ooo

Besser doch einer für alle. Muß einfach so sein. Elende Schufterei auf dem Vordeck. Die Fockfall - Trommel läuft schwer, das Stahlseil muß ständig mit dem Fuß von der Rolle getreten werden. Das bei diesem Wind. Gehörige Krängung. Skipper nervös hinten am Ruder. Aber kein Geschrei, höchstens wegen der brüllenden See. Lifebelts zwischen Körper und der Reling. Nabelschnüre sozusagen. Aufkommende Böen bis sieben Beaufort, ja sieben. Nennt sich Starkwind. Eins mehr wäre dann schon Sturm. Kann auch noch kommen. Wer weiß. Der Tag ist noch jung.

Monsieur Diesel muss es wieder mal richten. Macht er prima. Wir quälen uns aus dem Golf, peilen über Backbord nacheinander Cap Fortan, Point de Capo, dann Punta Montella, oberhalb auf dem Felsen La Torra di Mortella, Ende des Mittelalters errichtet. Nicht zu übersehen. Beruhigend. Eine Stunde später, von der Plage du Lotu, fünfzehn Meilen weiter, noch keine Spur. Müssen wir übersehen haben. Nachlässigkeit? Müde Augen vom Starkwind? Irgend wann später Umrunden des Pointe Curza. Danach der Pointe Mignola, nördlichste Landmarke Korsikas. Jetzt halber Wind von Steuerbord. Aber zu stark immer noch zum Segeln. Schade eigentlich. Weiter an mehreren Kaps vorbei. Alle sauber gezählt und gedanklich in der Seekarte abgehakt. Ordnung bringt Sicherheit. Ile de Rousse schließlich mit dem Glas auszumachen, die abschüssigen, roten Felswände, unverkennbar. Die zackigen Ausläufer in die nördliche See. Aufatmen. Zweihundert Seemeilen vom Golf du Lion entfernt. Kann allerdings schon noch mitmischen, der Mistral, auch wenn wir hier deutlich in Südost liegen. Kein Problem übrigens mit dem Gaszug. Wie auch, wird kaum strapaziert bei konstanter Fahrt. Immer gut Abstand von der Küste. Ich sage nur: Legerwall vermeiden.

Ile de Rousse backbord querab gegen fünfzehn Uhr. Gute Gelegenheit für eine Belohnung. Belegte Brote von der Backschaft, sogar eine warme Suppe. Das tut gut. Lilo und Tina als Artisten in der Kombüse bei Seegang und Schräglage. Nicht schlecht, Mädels. Kompliment. Und auch noch wohlschmeckend. Da können wir beiden Männer was lernen, nämlich Körperbeherrschung und Haute Cuisine à bord.

Eine Stunde zwischen uns und den roten Felsen. Bucht von Algajola. Ausschau nach der betonnten Gefahrenstelle, die hier irgendwo auftauchen muß. „Chris, machst du mal eben?" Seekarte her, neues Besteck, Kontrolle ist besser. Wahrschau, da ist sie ja. Le Danger del Algajola. Vielmehr das weisse Wasser über ihr, denn sie liegt meist unter der Oberfläche verborgen. Das ist die Gefahr. Eine Stangenbake mit zwei schwarzen, auf der Basis stehenden Dreiecken nördlich des Felsens. Heute ist sie zu sehen. Oft, sagen die Fischer der Umgebung, die wir später auf dem Markt von Calvi befragen, ist sie auch verschwunden, die Verankerung abgerissen an ihrer Basis von einem Sturm. „Und dann", frage ich einen, der aussieht, als müsste er es wissen. „Pas d´ problème, nous connaissons notre Mademoiselle, n´est - ce pas." Ach so. Auf jeden Fall Freihalten von der launischen Lady. An Backbord vorbeiziehen lassen, das Ganze. Ohne Manöver. Ausreichender Sicherheitsabstand. Gut gemacht, wieder mal.

Dreißig Minuten später Umrunden des Pont d´Espano, eine gute Meile hinter der Marina von Sant´ Ambroggio. Dann Kurs Südwest, Calvi. Die Felsnase mit der Zitadelle. Dominant. Nicht zu verfehlen. Optimale Ansteuerungsmarke. Links davon der Hafen. Eigentlich ist hier eher die Mitte der Bucht. Der Felsrücken von Revellata, oben drauf der Leuchtturm, da endet die Bucht. Mit den Festungsmauern an Steuerbord in den Hafen und rüber mit den Festmachern. Das war's dann erst mal für heute. Segeltechnisch gesehen.

Ziemliche Trägheit in den Knochen. Wenigstens keine Frostbeulen. Hunger wie immer. Ein bißchen Umarmung mit Tina, zum Aufwärmen, körperlich und psychisch. Alles ist gut. Kolumbus, ja der Christoph, der berühmte, der soll hier geboren worden sein. Das angebliche Geburtshaus in der Oberstadt, Rue Colombo, wie sonst. 1794 auf englische Art bombardiert und zerstört. Geschichtsträchtige

Mauerreste. Kein Problem. A apropos trächtig: Kolumbus ist auch noch in einigen anderen italienischen und spanischen Städten geboren worden. Sagen die. Wer die Wahl hat..."Kann aber doch irgendwie nicht stimmen, Robert. Denk´ doch mal nach. Wie hat seine Mutter das hingekriegt?" Ernsthaftes, vergebliches Nachdenken, Stirnfalten. Zeigefingerspitze zwischen den Zähnen. Ach Tina. Eine Intervallgeburt vielleicht?

ooo

Nachhängen des vergangenen, nächtlichen Großeinsatzes. Kein Saft für Geschichte oder Kultur trotz Calvi. Totale Überfüllung in der Sommersaison. Restaurants, Parkplätze, Strände, Schnauze, alles voll, übervoll. Quirlendes Leben. Schon möglich. Aber heute und jetzt? Keine Saison, keine Dusche, ganz einfach zu merken. Und logisch. Heavy, ohne Frage. Für uns. Tatsächlich alles geschlossen. Ich schleppe Tinimaus ab. Werde schon was locker machen. Pfadfinderehrenwort. Waschsachen. Niedriger Backsteinbau, blaues Dach. Mißmutigkeit Im Süden des Hafens ein kleiner Strand, allgemeine Feinsandigkeit, am Rand bewachsen mit mehreren schmächtigen Hotels. Aber weiter. Hinter den Hafenanlagen dösen verkommene Holzbaracken. Verblichenes Schild: Jollenschule. Ist oder war? Unkenntlichkeit. Seitlich mehrere Türen, auch Holz. Geplankte, saubere Klinkerbauweise. Ehrliches Zimmermannshandwerk. Schmuddelig abspringender Lack, Farbe unbekannt. Grau vielleicht? Eine der Türen ist aufgebrochen. Fette Beute gewesen? Davor, unter einem Pinienbaum, kieloben ein Boot, ebenfalls Holz, ebenfalls geklinkert.

Wir legen unsere Waschutensilien darauf ab und spähen in den halb offen stehenden Eingang. Du glaubst es nicht. Ein Wunder. Vorgriff auf Weihnachten oder so. Was also? Eine Dusche. Einschränkung. Schreckenszustand. In der Fußwanne, völlig verdreckt, und ich meine völlig, liegen Holzstücke, Spinnweben, irgendwelche Stoffreste. Als kostenlose Zugabe braun schillernde Käfer, gewiß fünf Zentimeter lang. Verärgertes Hochblicken auf die unerwünschten Störenfriede, träges Wegkriechen in die Dunkelheit unter den Lumpen. Weitere Zugabe: gelbe Rinnspuren an der Wand. Desinteresse für deren chemische Zusammensetzung wird empfohlen. Tina voll cool. Keine Abwehrreaktion. Zweites Wunder folgt. Die chromsilberne Duscharmatur. Schon das allein hervorragend. Und klares, kaltes Wasser, wenn man riskiert, daran zudrehen. Nur ein Rinnsal. Aber immerhin, Kumpel.

Nach Tagen der Karenz entschließen wir uns, Käfer, Kälte und Erregung öffentlichen Ärgernisses in Kauf zu nehmen. Abwechseln steht einer Schmiere, es soll ja nicht zu teuer werden. Wasser ist auch nur für einen da jeweils. Gleichzeitig geht nicht. Zeitaufwändig, das alles. Bedauern. Ungerechtigkeit. Wir kennen das, wir sind ja nicht verheiratet. Gleich nebenan der Strandweg, eigentlich praktisch. Vereinzelt Spaziergänger. Mißtrauische Seitenblicke. Gleichgültigkeit? Toleranz? Wir fragen lieber nicht nach.

Fröhliches, allgemeines Abendessen an Bord. Wer ist hier der Sauberste? Tina auf dem Siegerpodest ganz oben, dann gleich ich. Die dritte Stufe ist leer. Verstecktes Lächeln. Obligatorisches Frühstück. Diesmal bin ich dran

mit der Backschaft. Das bedeutet früher aufstehen. Mach´
ich doch gerne, auch wenn..

ooo

Freitag, 04. Mai

Wieder unterwegs. Graue Wolkendecke. Erstmal mit ordentlichem Reff in den Segeln die Bai de Revellata queren, das ist meine Strategie. Steht auch so im Handbuch Mittelmeer. Du mußt nicht pausenlos genial sein. Du musst nur wissen, wo du suchst, d´accord, mon cher?

Die Bucht von Revellata, das ist die kleinere, westlich von Calvi, überqueren wir auf direktem Wege. Um Punkt neun steht der Felsen der Revellata an Backbord querab. Gute Zeit. Dank an die Crew. Muß auch mal sein. Gruppendynamik. Motivation aufbauen, für später. Jetzt drehen wir den Bug der Hanseatica nach Südwest. Ordentliche Dünung, die jetzt mit uns läuft, Wlnd: so Stärke vier bis fünf. Geht noch. Kenne ich auch anders von den Dänischen Inseln. Fehmarnbelt. Wie Christians Freund Paul. Skipperschicksal, Skipperträume. Magengefühl. Nicht angenehm für empfindliche Menschen, das Geschaukel. Fahrstuhleffekt. Kennt jeder. Aber niemand wird krank. Alle seefest. Zufriedenheit. Stolz. Heldenlaune.

Wolkenverhangener Himmel schon seit dem frühen Morgen. Gegen Mittag dichteres Wolkengut unter Land und über den ansteigenden Bergen. Dreizehn Uhr auf Höhe der Bucht von Girolata. Die Girolata, Windscheide für den Mistral, der sich hier entscheiden muß, ob er der Landmasse nach Nordost oder Südost ausweichen will. Unangenehm, aber unvermeidlich für den Segler, der da durch muß. Wenn schon der Wind nicht weiß, was er will, wie soll es die Mannschaft halten. Einfach den Skipper fragen, würde ich meinen.

Man sieht kaum den vier Meilen entfernten Strand, la Plage d´ Osani, zwischen den Felsen. Zweihundert Meter breiter, heller Sandstreifen. Ganz in dunkelgrauem Wolkendunst liegt das Ufer in dem noch tiefer eingeschnittenen Golf von Porto.

Mit der siebenfachen Vergrößerung des Fernglases meine ich für einen Augenblick den kleinen, gezackten Felskegel mit der Tour de Turghui westlich des Capo Rosso zu erkennen. Dann versteckt er sich wieder hinter Nebelschwaden. Leider keine klare Sicht. Und das Bild wackelt ziemlich. Wind und Wetter erlauben keine Einfahrt in den reizvollen Golf und den noch reizvolleren Hafen. Anlegemöglichkeiten am östlichen Scheitelpunkt des Golfes, bei der Ortschaft Porto. Aber kein Schutz gegen westliche Winde und Seegang. Legerwallgefahr. Nur was bei absolut sicherem Wetter, das es heute nicht gibt. Und jederzeit bereit zum Auslaufen. Stressfaktor. Geplanter Ausbau der Hafenanlagen, ja aber wann? Quando, würde man auf der südlichen Nachbarinsel sagen und mit den Schultern zucken. So ein zauberhafter Küstenabschnitt zum Greifen nahe. Trotziges Aufbegehren, fast Ärger. Aber gegen Naturgebote keine Widerrede, voici. Vielleicht beim nächsten mal, tröste ich mich. Hilft aber nicht viel. Dann eben weiter nach Süden. Vorbei, dahin das uneroberte Paradies.

ooo

Vierzehn Uhr dreissig. Capo Rosso backbordseitig

querab. Kurs exakt Süd. Querung der Bucht von Sagone. Zwischenziel: Capo Feno. Beziehungsweise ostwärts daneben. Sicht? Etwas besser, der Wind wird zunehmen. Voraus in Sicht die steinernen Raubtierzähne der Iles Sanguinaires, aber nur mit dem Glas. Zeigen sich sowieso nur unwillig über der Wasseroberfläche. Kein Wunder, bei dem heruntergekommenen Gebiß. In der Nähe wieder eine Tour Genoise. Große Angst vor Überfällen, was? Das ist aber schon lange Geschichte. Beunruhigend zunehmende Dünung bei inzwischen sechs Beaufort. Der Skipper, das bin immer noch ich, hört den Seewetterbericht, der von Grasse Radio rüberkommt. Soll aufbriesen, Starkwindwarnung. Vielleicht der Süd - Zwilling des Mistral? Bonifacio können wir uns abschminken, entscheide ich. Wieder mal keine Diskussion. Ist aber auch niemand dagegen. Kein Lemmingverhalten. Aber wohin dann. Seekarte raus. Ich weiß schon, sehe den Lappen ja nicht zum ersten mal. Es gibt da eine relativ ruhige Bucht, Golfe de Lava heisst sie, noch vor dem Gebiß, gerade querab an Backbord der Hanse. Viel Zeit bleibt auch nicht. Starkwind hat keiner von uns auf der Speisekarte. Also nichts wie rüber und auf Reede.

Neunzehn Uhr. Mit langsamer Fahrt, ohne Gaskabelgeklemmen, Einlaufen ins Nachtquartier. Ruhigeres Wasser endlich. Das war ja der Sinn der Aktion. Achteraus Beunruhigung. Mächtige Dünung mit weissen Schaumkronen zieht an der Bucht und an unseren vom Salzwind geröteten Augen vorbei, hat uns nicht erwischt. Sakrament. Hafen und Liegeplätze nur im Traum. Dann eine unerwartete Zwischeneinlage. Gästeunterhaltung à la nature, ganz in der Nähe. Wieder mal gratis. Seeseitig neben einem kleinen petro rosso, (Du weisst inzwischen, was das heisst), huscht feenhaft eine feine Wasserhose in die Höhe, an die zehn Fuß im Durchmesser, und gewiss ebenso hoch, verliert sich gekonnt in der Luft, eben so plötzlich, wie sie gekommen ist. Fabelhafter Auftritt. Applaus. Da Capo-Rufe werden ignoriert. Bedauern. Mit farbigem Laserlicht wäre es die amerikanische Variante. War auch so perfekt.

ooo

Erhebliche Turbulenzen in unserer Bucht, vielleicht begünstigt durch die rundliche Küstenlinie, die den hier abgeschwächten Nordwest kreisen lässt. Als Zugabe böse, heftige Fallböen von Ost über einen Talausläufer. Das war wohl genau der richtige Mix für die Vorstellung. So ein Notunterschlupf ist immer ein Kompromiss. Abtasten des vorgesehenen Ankerplatzes   mit dem Echolot, begleitet von unseren mißtrauischen Blicken in das klare Medium unter dem Kiel. In fünf Meter Tiefe kann man den Grund deutlich sehen. Ort: Südostviertel der Bucht. Handgelotet sind es dann acht Meter. Da sieht man´s wieder. Dreck am Sensor, oder klemmt da auch manchmal was? Dem geschenkten Grund schaut man nicht in den Schlund. Das ist wie mit dem Gaul. Hier bleiben wir über Nacht. Basta. Buganker raus und reichlich Kette, damit er nicht ausbricht, das ist die Devise. Aber welchen Anker? Wir haben, Luxus, zwei Modele. Einen Draggen und die Pflugschar. Was da unten zu sehen war? Fels und Sand. Sand wie tief? Keine Ahnung. Ist immer ein Glücksspiel. Wer will schon rein ins kalte Wasser mit ´nem Spaten und buddeln! Na, der Anker muß runter. Die Eisenkralle soll es sein. Aufgeklappt, gesichert, angeschäkelt. Die Mann-

schaft ist topfit, auch vor dem Abendessen. Wahrscheinlich in dessen Erwartung. Hunger motiviert besser als
schlaue Anweisungen. Er ist drunten, ruckelt ein paar
mal, dann strafft sich die Kette. Eine Ankerwache wird
sich in dieser Nacht nicht vermeiden lassen. Viel zu unruhig alles. Und wenn der Wind weiter zunehmen sollte, ja
was dann. „Wart´s mal ab", die Worte meines verehrten
Herrn Vaters. Hab´ ich nicht geerbt von ihm, Gottseidank.
Der Motor und die Ankerwinde sind unausgesetzt in Bereitschaft zu halten. Eiserner Befehl für uns alle in den
nächsten zwölf Stunden. Änderungen der Windrichtung
bis einhundertachtzig Grad. Das Schiff schwoit ganz
schön rum. Kann es auch, darf es auch. Deshalb ja die
lange Kette. Und die Wache. Andere Boote nicht in Sicht,
und das felsige Ufer hundert Meter abseits. Also genügend Freiraum. So müßte es gehen.

Während in der Kombüse kulinarische Tätigkeit um sich
greift, sehe ich mir nochmal das Wasser, den Ankergrund
und die ganze Bucht an. Auffallender Ginsterbewuchs an
den leicht ansteigenden Hängen. Alle Büsche ducken
sich flach auf den felsigen Boden, weg vom Wasser und
von der Bucht hinauf zu den Kuppen hin ausgerichtet, als
würde ein Riesenkamm jeden Tag für Ordnung sorgen.
Luftströmung versus Schwerkraft. Sieger nach Punkten:
der aus dem Westen weht. Was das heisst? Besondere,
konsequente Windsysteme in diesem Hexenkessel. Erinnert an das gemeine Volk, das sich bei Annäherung des
unerbittlichen Herrschers zu Boden wirft, die Köpfe zu
ihm hin ausgerichtet, den Blick nach unten. Nur daß der
Ginster sich abwendet.

Genug davon. Lilo, du mal. Blick in das Logbuch, tägliche Aufgabe. Korrektheit, Regelmäßigkeit. Schlußstrich für heute. Die Seekarte. Fünf Seemeilen südwärts drei Landzacken in Richtung Meer. Erinnerung an den Peloponnes, mehr noch an die Chalkidiki. Hier Punta d´ Orchinu, Omina, Cargèse. hat aber nichts zu bedeuten. Keine genetische Verwandtschaft oder so was. Sonst wären auch Italien und Neuseeland verwand oder verschwägert vielleicht. Wir werden morgen sowieso nur dran vorbeisegeln, an den Puntas.

Weisst Du noch? Tischlein, deck´ Dich, Backschaft streck Dich, knüppelscharfes „Chinesisch" aus dem Sack. Riesentopf mit zehn Liter Volumen. Da kommen auf jeden zweieinhalb Liter. Wenn er voll ist. Wie bitte? Ist er natürlich nicht. So viel Ballast oberhalb des Kiels wäre schlecht für die Statik. Aber was gerade noch drin war, im Topf, ist schnell aufgefressen. Ja, das Wort muß sein. Alles andere würde die Situation nicht erfassen. Seefahrt macht hungrig, Captain. Beieinandersitzen, verdauen, geräuschlos bitte. Ankerwache einteilen. Die zweite Wache Tina mit mir, wir haben uns so lange nicht in Ruhe unterhalten können, den ganzen Tag. „Oh prima, du denkst immer so toll an alles." Die Backschaft säubert den Topf. Wer anschafft, muß auch abwaschen können. Tina ganz nah bei mir, Arme gegenseitig. Blicke über das Wasser, über die Hügel. Über alle, die sich anbieten. „Ach lass das doch mal, Robbie." Dann Lilo und Chris, dann wieder wir, geht die ganze Nacht so. Zwei - Stunden - weise. Nicht die ganze Nacht, um genau zu sein. Einmal weckt mich Chris verspätet. Seine Uhr ist stehen geblieben. Er rumort am Kartentisch herum, da liegt immer ein ganz ordinärer Wecker. „Schlaf weiter, alles ruhig, oder besser unruhig."

ooo

Wieder mal poltert Chris an, Stiefel, Öljacke, Treppen hoch. Kalte Nachtluft, windig, angenehm nach der Stickluft unten. „Servus Lilo. Ich mache jetzt weiter. Bis zum Frühstück dann wieder ihr beide, ok?" Tini habe ich in ihrer Koje gelassen. Kein Gesprächsbedarf im Augenblick. Solo - Wache kenne ich zur Genüge. Nachtwachen im Krankenhaus als Student, als Grenadier in der Kaserne, wo sonst noch? Ach ja, aber das gehört nicht hierher. Ist auch nicht wirklich eine Wache. Gut, man ist schon wach. Aber auch wieder nicht. Irgendwo dazwischen, wenn es richtig läuft. Natürlich Privatsache. Intimsphäre. Vertrauenssache. Der Kavalier schweigt, wenn er genossen hat. Viola.

Was also jetzt hier draußen? Stimmt, Ankerwache. Wo ist nur mein Kopf. Aufwachen. Wach bleiben. Augen links und rechts, jawohl. Hauptwindrichtung. Böenstärke. Alles was für's Logbuch morgen früh. Das Böse weiterhin aus dem ostwärtigen Tal. Leichter Regen. Kapuze über. Sitzen im Niedergang, auch korrekt. Ich bemerke Lampen am Ufer. Zwei noch wenig genutzte, neue Feriensiedlungen. Sehnsuchtartiges tief drinnen, nach Geborgenheit, Wärme. Entschiedene Abwehr austrocknender Verlorenheit. Ein Sherry aus der Kombüse? Alkohol beim Wachgang? Degradierung, Karzer. Oder Schlimmeres. Laß´ das mal lieber. Ein Teil der Uferstrasse mit Laternen, mühsame Halbhelligkeit, gelb, unregelmäßig. Abzählen der Lichter, wenn sich das Schiffes um den Anker dreht, und sie scheinbar über das Heck wandern. Eigentlich Trostlosigkeit in den Fensterlöchern. Dann lieber hier an Bord. Mein Schatz nur wenige Meter entfernt. Unmengen an leckerer Wurst im Kühlschrank. Der Batterie ein dreifaches Hoch, aber leise. Die anderen schlafen. So vergeht die Zeit mit Blödelei. Aber wer liest schon oder denkt Kluges unter diesen Umständen. Schon wieder dieses rumpelnde, gespenstische Geräusch des Klabautermanns, der die Kette über den steinigen Grund zerrt. Schrecken. Ankerslippen? Uferpeilung. Entwarnung.

ooo

Letzte Ablösung. Kaum unten, Augen zu, Absacken, da meldet sich Christian.

„Komm´ doch mal raus, eben."

„Ist´s schon wieder so weit?"

„So kann man auch sagen. merkst du nichts?"

„Doch, schaukelt ordentlich. Und die Kette schurrt über die Felsen, klingt wie ein tiefes Walgrunzen."

„Wenn´s nur das wäre. Ich glaube, der Anker hält nicht mehr lange. Wir liegen an die fünfzig Meter weiter hinten als noch am Abend. Müssen verholen, jetzt gleich."

„Meinst du wirklich?"

„Klar, Mann, peil´ doch mal den Ilot de la Figuera an, da drüben, den kleine Felsbuckel im Wasser. Siehst du ihn?"

„Und was soll damit sein?"

„Mann Skipper! Beim Abendessen lag der genau querab. Und jetzt?"

„Na, fast vor´m Bug, wenn ich's richtig sehe."

„Na also. Und das heisst?"

„Ach du meinst…"

„Eben. Und dazu brauchen wir dich. Tina kann ja liegen bleiben, die schläft wie ein Stein. Braucht nichts mitzubekommen, Deine junge Mama."

Donnerwetter. Sie wissen es. Ich komme morgen darauf zurück, versprochen. Stilles Atmen. Engelsgesicht, Locken über der Stirn. Finger weglassen jetzt. Leise in die Klamotten. Vorsichtig gesetzte Schritte, kein Stolpern. Jetzt den Niedergang hoch und auf Deck. Keine Panne, ich bin oben. Mein Norweger schmiegt sich schlaftrunken an meinen Hals. Tina könnte das besser. Öljacke, verlegenes Quitschen der Ärmel beim Überstreifen. Was liegt an? Ankermanöver, Kettenrasseln. Meine Güte, das hört man ja bis Porto. Nächtliche Ruhestörung. Polizeikontrolle, Ermahnung- nein, das nicht. Klang nur so laut, das Anker holen. Jetzt rumst er auch noch an den Bug. Entweder Tina ist bewußtlos, oder sie erscheint auch gleich an Deck. („Was macht ihr denn da, mitten in der Nacht?") Weder noch. Also weiter wir drei. Dünung hebt den Rumpf, Magentraining. Die unverändert wechselnden Winde schütteln uns hin und her. Trotzdem. Motor an, was sollte nochmal mit den Gaszug sein?

Samstag, 05. Mai

Nach Sonnenaufgang.

„Was habt ihr gemacht, sag schon. Wo sind wir eigentlich? Sind wir so weit abgetrieben? Wer hatte denn Wache?"

„Ja schau, da drüben, das ist der Pont Pelusella, und das dort drüben Capo di Feno, das kennst du schon. Da sind wir gestern drauf zu, bevor der Wind so heftig wurde, und die Dünung. Und der lange, helle Sandstrand, der gehört zu Port Provençale. Das war gestern alles etwas verwolkt, aber jetzt sieht man's ganz gut."

„Was is´n das für n´ Wort, verwolkt."

„Von Wolken bedeckt."

„Hab´ ich schon verstanden. Ich finde es bloß komisch. Klingt so affig."

„Du meinst wohl menschenaffig."

„Genau." Keine weitere Reaktion notwendig. Ablenkung. Gedanken anderswo.

Dann fragt Chris ungläubig:

„Und du hast von dem Stampfen, Rasseln und Dieselgebrumm nichts bemerkt?"

„Kein bißchen."

„Dann bist du ja super ausgeruht. Machst du uns ein schönes petit déjeuner?"

„Du, ich weiss, was das ist. Mach´ ich gleich für euch."

Ist sie nicht zum Träumen? Immer hat sie diese Freundlichkeit in der Stimme, in den Augen, im Herzen. In ihrer ganzen reizenden Körpersprache. Doppeldeutig? Und in den Händen. Aber das geht wieder niemanden was an.

Glaub´ mir, ohne sie würde ich zum zweiten Rheuma - Mike werden. Absolument.

Duschentzug, Hautjucken. Peinliches Berührtsein. So etwa der Morgen. Besser geht es mit dem Frühstück. Allgemeines Omelette, Schnittlauch, Festlandimport? Brot heller als der Morgen. Roggen wächst hier nicht. Unpassendes Klima. Die Laune unerwartet hochgeschnellt, wenn auch unten im Salon. Kühle Luft an Deck. Gegenüber, in dem windfreudigen Taleinschnitt, liegt matter Dunst. Augenblick von Wolkenlücken. Eine kleine Gruppe von Sonnenstrahlen nutzt die Gelegenheit und schlüpft hindurch, wandert drüben über eine Wiesenfläche. Smaragdgrün leuchtet auf, ein Streifen Wasser nahe dem Ostufer der Bucht, über einer Untiefe, schließt sich an. Gleiche Farbintensität, geschätzt.

ooo

Anker hoch, Segeln im Herzen und Bonifacio im Sinn. Ausmachen kann man es natürlich noch nicht. Auch nicht mit dem Fernglas. Zahlreiche Buchten und Felsnasen auf dem Weg dahin. Bonifacio liegt ganz an der Südspitze der Franzoseninsel. C´est ça.

Grasse Radio begrüßt uns mit einer Securité - Meldung. Dafür sind die ja da. Tag für Tag. Tüchtige Wetterfrösche. Coup de vent im Golf du Lion. Habt Ihr denn keine andere Platte da? Konsequent runden wir Capo di Leno mit knapper Besiegelung unter maulendem Motor (warum immer ich?). Im freien Wasser hält sich gegen gestern abnehmender Seegang bei drei bis vier Windstärken. Das ist schon mal was. Logbucheintrag. Klare Sicht auf die Iles de Sanguinaires. Unangebrachte Drohgebärde der Riffs. Wir entscheiden uns für die seeseitige Passage, ganz westlich, um uns nicht wie Diebe zwischen den kleinen Ungetümen hindurchquetschen zu müssen. Auf Kurs einhundertachtundachzig Grad bis auf Höhe der Untiefentonne La Campanina", dann Abdrehen auf Capo Muro zu. Um zwölf Uhr querab an Backbord gesichtet.

Von Ajaccio will ich nichts hören, da haben wir wirklich nichts verloren. Nach Passieren von Capo di Muro und Capo Neru halten wir uns gut frei von von den vorgelagerten Untiefen bei Porto Pollo. Das weitere Vorarbeiten bis in den Golf von Valinco verrät, daß sich unser Tagesziel wieder mal hat ändern müssen. Ich will in den nahenden Abendstunden nicht einen Streit anzetteln. Mit wem? Fragst du im Ernst? Starkwind ist angekündigt. Schon vergessen? Da lassen wir uns doch nicht in einen Zweikampf auf See reinziehen. Will ich meiner Seefrau nicht zumuten. Uns übrigens auch nicht, und auch nicht der Hanseatica. Das hat sie nicht verdient, die Tüchtige.

ooo

Nach Propriano also, ganz hinten in die Bucht. Wind achterlich. Die Fock hätte uns elegant reingezogen. Aber nicht so kurz vor dem Anlegen noch Arbeit anschaffen., Unverständnis erzeugt Unwillen. Unwillen erzeugt Meuterei. Meuterei wird mit Hängen geahndet. An der höchsten Rahe. Die Bounty, Erinnere dich.

Ähnliches hätte ich Christian gewünscht für seine Aktivität, die er trotz schwieriger Wetterverhältnisse nicht lassen kann. Etwa gerade deswegen? Muss das sein, so kurz vor dem Anlegen? Ja, muss sein, denn jetzt ist Christians großer Auftritt gekommen. Unser einziger verheirateter Mann an Bord, wie er einmal bemerkte, hat seine Showtime. Soll es die zu gut versteckte Anspielung auf eine Kindstaufe sein? Leider nicht, schlimmer. Mit theatralischer Geste, weit ausholend, kippt er ein Glas Sherry von unserem Besten über Bord. Dazu ruft er nicht nur feierlich, sondern auch laut, damit die beiden Götter es auch mitbekommen: „unsere Opfergabe zum Dank für den schönen Segeltag. Rasmus, bleib´ uns weiterhin gewogen." Ich finde die Szene absolut lächerlich, peinlich, dazu schlecht gespielt. Großartigkeit, die nicht gegeben ist. Denn er kann das doch nicht wirklich ernst meinen. Ob er auch in dieser Weise sein Ja - Wort gegeben hat? Vielleicht etwas gehässig, zugegeben. Aber die Sache reizt mich zu Opposition, in welcher Form auch immer. Und was heisst weiterhin. Schon vergessen das Mistwetter, die Dünung, das Böengezerre und Geschaukel? Und wer weiss, was noch alles kommt. Und überhaupt, unauthentisch, gezwungen. Oder doch nur abergäubig? Da soll etwas sein, was nicht da ist. Albern in meinen Augen. Aber ich schweige. Wer würde Chris bloßstellen wollen, ihn sein Gesicht verlieren lassen, sozusagen ihm die Hose runterziehen mitten auf dem Marktplatz. Einfach geschehen lassen, kein Aufsehen. Gleichmut, hochgradige Gesichtsbeherrschung, freundliches, nichts sagendes, nichts bedeutende Kopfnicken. Chris ist nicht unsensibel. Er bemerkt meine Theaterspiel - Konkurrenz. Ja, auch ich spiele mit in diesem Zirkus, obwohl ich eigentlich nicht will. Allgemeine Verlegenheit, besonders bei seiner Angetrauten. Rigorose Hilfsmaßnahme, vom Skipper angeordnet: Konzentration auf die Schiffsführung. Schotenkontrolle, Kursbesteck, gemeinsame und doch getrennt stattfindende Blicke zum Himmel. Nicht anbetend, sondern Erfassung des Wolkenbildes. Schlussfolgerungen auf kommende Wetterlagen. Eintrag im Logbuch. „Ich mach´ das mal selber heute", sage ich und flüchte unter Deck. So überstehen wir alle, verheiratet oder nicht, den mißlungenen Augenblick, der uns wie andere herausragende Momente lange in Erinnerung bleiben wird, ob wir wollen oder nicht. „Jeder wie er kann, will oder muss", denke ich noch. Unsere Frauen jetzt mit anderem beschäftigt, keine Zeit für männliche Wichtigtuerei. Ich fühle mich ungerecht vereinnahmt, kann aber nicht argumentieren, ohne verletzend zu werden. Deshalb dickes Fell hervorholen. Lächeln, dünn, durchsichtig. Herr, laß´ Abend werden (1. Könige 19,1-13a).

Und dann die Einfahrt in den Hafen von Propriano. Sarkasmus später, Resümee eines schrägen Tages. Folgegedanken während des Duschrituals in den öffentlichen Körper-Reinigungsanlagen. In der Nacht geht es im Kopf weiter. Tina eine Armeslänge entfernt, Welten. Sehe ich vielleicht nur den Splitter im Auge meines Segelkameraden? Überheblichkeit, Einbildung, Persönlichkeitsdefizit? Öffnen sich da Abgründe? Ich bin vorsichtig geworden, wenn mir ein Geschehnis oder eine Äußerung auffallen. Negativ. Kritik ja, immer. Aber mit Emotionen lackiert, das ist gefährlich, mindestens unvorsichtig. Und da es um die Empfindlichkeit, Empfindungsfähigkeit anderer geht, fühle ich mich zu einer mehr beobachtenden Position verpflichtet. Wegen des Balkens, der mir schnell mal auf den

Schädel fallen kann, wenn ich zu schnell vorpresche mit wohlschmeckenden Statements. Das geht so schön schnell, aber der Bremsweg ist dann womöglich zu kurz, und es knallt. Intellektuell oder auch materiell. Auf Kosten des Nasenbeins zum Beispiel. Beulen und Kratzer, äußerlich und drinnen. Schmerzlich, beschämend, völlig überflüssig.

ooo

Propriano. Immer noch Samstag. Wohin jetzt genau? Der Handelshafen bietet aufgrund seiner Ausrichtung guten Schutz, wenn es aus dem zweiten oder dritten Quadranten bläst. Schau´ mal auf den Kompass, du Landratte. Dann weisst du, was das ist. Wir sind aber bei West eingelaufen, da kommt dir die Dünung tüchtig von achtern, mitten rein in den Hafen.

Dafür gibt es den Yachthafen, ostwärts anschließend, der dem Schwell einen langen Wellenbrecher nach Norden entgegenhält. Da sind wir sicher gegen jede westliche Schweinerei. Das meine ich jetzt nicht politisch, ich muß doch bitten.

Beim Einlaufen hält unser Schiff hundert Meter Abstand vom Kopf der Mole. Also ein ordentlicher Bogen ist das. Empfehlung des Hafenhandbuchs. Gehört zu meiner täglichen Lektüre, besonders empfehlenswert bei den häufigen Planänderungen. Man kann nicht mit den Anweisungen in der einen und dem Steuerrad in der anderen Hand rumlotsen. Das geht schief. Hochprozentig wie der Absacker, aber davon später. Moderne Schwimmstege laden zur verdienten Rast ein. Allerdings nur, wenn der Kahn nicht länger als gut dreissig Fuß misst (Schuhgröße einundvierzig). Passt doch haargenau. Außerdem, ein paar Füße mehr dürfen es dann schon mal sein. Mittelmeer. Wenn man die Durchfahrt blockiert, wird' s richtig teuer. Nein, kein Strafmandat. Aber eine Lokalrunde ist fällig. Rechne doch mal. Angenommen, achzig Masten, je fünf Mann Crew. Und einen Doppelten - das muss es schon sein - zu dreifünzig. Na? hast Du´s ? Und in der Hauptaison mal drei das ganze. Da kann einem die Luft und die Kohle ausgehen. Also lieber drauf achten.

Den Anker, diesmal die Pflugschar, schmeisst meine Mannschaft zielgenau neben der Einfahrt an zehn Metern Kette in den Hafen. Die ist lang genug, um auf dem Grund zu liegen. Kein Problem für andere Kiele, drüber weg zu rutschen. Das Problem wäre sowieso auf unserer Seite. Die Rechnung haben wir ja schon aufgestellt, theoretisch. Ich lasse noch lange Springleinen vom Bug nach achtern ausbringen, sichert zusätzlich am Steg gegen lästige Schiffsbewegungen. Der Schlaf wird entsprechend tiefer und erholsamer.

Noch was. Die Tankstelle an der südlichen Mole ist geschlossen. Samstag. Wieder sage ich, fast ganz wertfrei: Mittelmeer. Dan wird am Sonntag erst recht nichts zu machen sein. Unser Nachbar weiß, daß im Handelshafen eine Tanke geöffnet ist. Das ist eher mal Frankreich, jetzt. Aber heute sicher nicht mehr, sage ich mir als Skipper, der an seine Mannschaft denkt, besonders an einen bestimmten Teil davon.

„Doppeldecker", kommt mir unvermittelt, unverzeihlich, in den Sinn. Ich schäme mich schrecklich. Echt peinlich. Auch davon kann man rot werden. Das ist das Mindeste.

Was für eine gehässige Assoziation. Das Wort fliegt mir zu wie eine verirrte Heuschrecke und verhakt sich mit ihren Borstenbeinen in meinem Gehirn, weidet sich an meinem Entsetzen, das ihr Erscheinen auslöst. Von dem Aufruhr meiner Gehirnströme elektrisiert, macht sie sich eilig wieder davon. Aber das Echo bleibt. Doppeldecker, Doppeldecker, rappelt es weiter. Eher würde ich mir die Zunge abbeissen, als dass so ein gemeiner Begriff über meine Lippen dürfte. Wie kommt so etwas Widerwärtiges in mich hinein? Oder aus meinem Inneren heraus an die Oberfläche des Bewußtseins? Was ist denn noch alles da drin? Ich fühle mich abscheulich und wünsche als Buße eine schneidende Strafe. Ich fühle mich so elend, plötz- lich ist mir zum Heulen zumute, ich bin mir selbst so fremd, so fern, als hätte ich mich selbst verlassen. „Liebe Tini, es tut mir leid. So hilf mir doch," flehe ich in mich hinein. Aber was sollte ich ihr erklären? Unmöglich. Es kostet viel Willenskraft, sich davon zu befreien. Schließ- lich fühle ich mich dann doch unschuldig. Die verflixte Heuschrecke ist es gewesen.

ooo

Ein verspätetes Mittagessen, bitte. Der Tag war anstren- gend, es wird eine Gemeinschaftsproduktion beschlos- sen. Währenddessen, immer abwechselnd, damit nichts ins Stocken gerät, hängen wir unsere durchnässten Kleidungsstücke, einschließlich bunter Handtücher, über die Reling, auf den angedirkten Großbaum und mit Bändseln an die Wanten. Wo immer sich ein Platz anbietet. Diverses wird am Steg ausgewaschen. Die Hanseatica wie ein Lumpensammlerkahn. Ich habe keine moralischen Bedenken. Wir sind nicht an der Côte d´Azur. Oder doch? Waren nicht Korsika und Sardinien einstmals gerade hier vom europäischen Festland weggetrieben? Plattentektonik. Cave Nizza. Dort würden sie Dich gnadenlos rauswerfen, egal, was für ein Wetter herrscht. Darf ich erinnern? N'oubliez Lion. Löwengolf, wehe, wenn er brüllt. Am Hafen stolz präsentierte Vornehmheit und weltmännische Eleganz. Oder besser Angeberei auf Protzyachten? Parallel, gleich nebenan, Corso mit zweihundert Pferden im ersten Gang, fußgängerangepasst. Endlose Autoschlange. Kleinbürgerliche Überheblichkeit auf dem weit gespannten Bogen der Promenade des Anglais, immerhin unter Palmen. Da gehören seemännisch genutzte Schiffe nicht hin. Passt einfach nicht. Deplatziert. Degoutant, vraiment degoutant. Foutez le camp, vite.

Das Vagabundentum an Deck ist die eine Sache. Wie ich mich fühle, so ungewaschen wie ich bin nach dem Tagesmarsch über Wasser, ist eine andere. Schon während der Einfahrt in den Hafen, als auch noch die Sonne ´rauskam, dachte ich: "heute musst du um jeden Preis irgendwie selber ins Wasser." Es geht um Selbstachtung, Rücksicht, Mensch bleiben, zivilisierter Mensch. Und wenn es auf ein Bad im Meer hinausläuft. Genau das ist's dann auch. Hafenmeisteramt nämlich nicht besetzt. Duschen verschlossen. Schlüssel für die Duschen in der

Tasche des Hafenmeisters. Woher ich das weiss? Neben uns liegt ein Franzose. Sein Schiff natürlich. Der hat es schon ausgekundschaftet. Seine Frau wäscht sich am Steg mithilfe eines Wasserschlauches die Haare. Das ist der Beweis. Würde sie ja sonst nicht so machen.

ooo

Tina begleitet mich auf meinem Erkundungsgang. Wir kommen am Hafen entlang zum nächst gelegenen Strand, vorbei am Container-Büro des Capitaine de Port, wo die Bootsstege von der Pier abgehen. Vorbei an dem niedrigen, gemauerten Duschblock, vorbei an unbe-schreiblichen Dreck - und Müllhaufen, übel riechenden, aber bunt schillernden Pfützen mit Froschgesang. Fei-genbäume halten ihre Blätter wie große, grüne Hände der Sonne entgegen. Dazwischen grüne Früchte. Hart, unreif.

An einer kleinen Bude vorbei, wieder eine Surfschule, erreichen wir am Fuß eines Hotel - und Restaurantbetrie-bes den leicht geschwungen verlaufenden Strand. Sau-beres, klares Wasser klatscht ans Ufer, rollt über den Sand, zieht ihn mit sich beim Zurückweichen. Unermüd-lich, unaufhörlich Tag und Nacht. Ein angetriebener Baumstamm, Treibholz, mit seidenglatter Oberfläche, matt glänzend, ist unsere Bank. Im Hintergrund eine der Schutthalden, von oben bis unten dicht besiedelt mit mit blühender Kapuzinerkresse. Leuchtendes Orange mit frischem Grün. Unerwartet. Ungewohnt. Zu Herzen ge-hend in seiner natürlichen Unschuld. Girlanden, meter-lang. Blütenduft weht zu uns herunter, sogar gegen den Wind, der von der See über den Hafen hinweg nur noch sachte bis hierher bläst. „Wie in unserem Garten, herrlich." Ach ja, zuhause. Meine romantische Tina. Sie nutzt die Gelegenheit zu einem Sonnenanbeter-Gottesdienst. Nach mehreren drohenden Ankündigungen kann ich nicht mehr zurück und werfe mich brutal in die Flut, schwimme mehrmals parallel zum Ufer an Tina vorbei, triumphierend. „Schweinekalt, aber sehr erfrischend", rufe ich. Sie kommt auch, es ist zu verlockend. Auf dem Rückweg entdecken wir ein altes Reprofoto des „Neuen Hafens Propriano", das uns gefällt. „In der Toilette links, über das Papier," schlägt Tina vor. Sie hat immer so gute Ideen zur Verschönerung unserer neuen Wohnung. D´accord, mon amour. Fünfzehn neue Franc für fünfundzwanzig mal fünfunddreissig Zentimeter, macht im Quadrat achthundertfünfundsiebzig. Das sind dann einskommasiebenfünf Centimes pro Quadratzentimeter. Fast geschenkt. Wir nehmen es. Acheté, nous allons le prendre. Einige Schritte später ein Jubelschrei von Tina. „ein Frisör, ein Frisör!" Auf dem Schild steht noch „FRISEUR", so wie in den hiesigen Büros „BUREAU". Ist doch französischer. Die Zeit bleibt nicht stehen. Wir beide auch nicht.

ooo

Später sind wir wieder an Bord, bereit für jede Untat. Wenn auch ohne Lizenz. Nur Geduld. Wir Männer, also Chris und ich, wollen erst mal nach einer Einkaufgelegenheit für Dieselöl suchen. Die Tankstelle im Hafen der Berufsschiffahrt soll doch besetzt sein. Der liegt benachbart, im Westen des Yachthafens. Eine direkte Zufahrt von unserem Steg aus ist allerdings nicht möglich, weil es sie nicht gibt. Wir müssten raus aus dem Besucherhafen, dann im Bogen um den nördlichen Wellenbrecher herum nach Südwest. Dann hat man die Einfahrt zu den Professionellen vor sich. Eine Kneipe mit Hinterzimmer gibt's da auch. Nur Einheimische. Umständlich, zeitraubend, nervend. Wir werden lieber unseren zwanzig-Liter - Tank per pedes dort hin schleppen. Der Landweg ist wesentlich kürzer. Bedeutet natürlich auch, zurück mit gut zehn Kilogramm pro Kopf, ich meine pro Hand - Arm - Schulter - System. Muskeltraining der besonderen Art.

Den Bordfrauen wird ein Besuch beim Coiffeur empfohlen. Das geht auch noch vor dem Sonntag. Psychologische Taktik. Können die beiden Südländische Machos abwehren? Weisst du, wie man Macho übersetzen kann? „Männchen" passt am besten. Bei uns im Norden sind es die deutschen Machos. Nichts anderes. Überall das Gleiche. Niemand soll sich übervorteilt fühlen. So geschieht es dann auch. Günstige Gelegenheit für uns beide Machitos, den Dieselplan zu verwirklichen. Aber wo ist Chris geblieben? Und der Kanister ist auch weg. ich schlendere rüber zum Nachbarhafenbecken. Berufshafen. Rostschiffe, Rosttanks, heruntergekommene Gebäude. Menschenleere. Musik aus einer Kneipe, aus DER Kneipe. Ich bin kein kumpeliger Kaschemmentyp, sehe mich nicht veranlasst, da hineinzugehen. Was soll ich auch da drin. Ein Spaziergang zurück zur Hanse, Fotos von der Verkommenheit der Lagerhallen. Auf der Hafenstrasse wenige Menschen, ein Hund, klein, herrenlos, kläffend an meinen Beinen. Ungefährlich. Winziges Gebiss. Tetanusimmunisierung im Frühjahr aufgefrischt. Ich bin in Sicherheit. Schachtelhäuser, bis zu vier, fünf Stockwerken hochgewachsen, mit schmucklosen Fassaden, durchlöchert mit

gähnenden, gelangweilten Fensterlöchern, gerippte Klappläden, farblos oder unter abblätterndem Lack unbe-
stimmbarer Farbe. Wirres Durcheinanderstehen auf abschüssigen Grundstücken, zahllose dünne Kaminröhren
aus gebranntem Ziegel von stumpfwinkligen Dächern in
den Himmel ragend. Das alles bedrückende Ereignislo-
sigkeit atmend. Vor dieser Geisterkulisse das lebendige
Wippen der Schiffsleiber, das stete Wiegen des Waldes
aus Masten verschiedener Höhe. Beruhigende Fluchtar-
mada für den Notfall eines einsetzenden Hafenkollers.

ooo

Ich gehe beim Friseur vorbei und hole unsere Damen ab.
Lilos Veränderung zu kommentieren, steht mir nich zu. Ist
mir auch egal. Mein Schatz unverändert, finde ich. Aber
Mund halten, bloß nicht sagen, daß Du Dich darüber
freust. Sei diplomatisch. In diesem Falle dasselbe wie
höflich, rücksichtsvoll, noch was vergessen? Zum Glück
fragt sie nicht sondern strahlt mich wieder mal nur selig
an mit ihren reifen Kinderaugen. Die Mädels und ich
kommen auf dem Rückweg vom Frisör (!) an der Kirche
vorbei. Die Fassade mit dem schlanken, quadratischen
Turm, auf dem ein kleiner, sechseckiger, pavillonartiger
Aufbau mit Kupferblechhaube und schlichtem Kreuz sitzt,
ist in ihrer kunstlos gemauerten Schlichtheit nicht attraktiv.
Keiner von uns hat den Wunsch, sie zu betreten, obwohl
das Interieur gerühmt wird für seine frohe, helle Farbig-
keit. Sie lebt von ihren inneren Werten. Kann ja sein.

„Ach so, von achzehnhundertsiebzig", sagte Lilo. Das
dient ihr als Begründung, weiter zu gehen. Wir beiden

Unverheirateten finden, daß, unser Verzicht nicht näher erklärt werden muss. So ist das.

„Aber die Glocken sind trotzdem schön," ergänzt Lilo ihre Rückbesinnung.

Mir persönlich ist ein ganz anders Motiv aufgefallen. Eine alte Frau, ganz in schwarze Tücher gehüllt, sitzt auf einer Treppe und wartet, oder sitzt nur so da, man kann es nicht erraten. Sie wirkt wie ein Denkmal für die vielen anderen schwarz gekleideten, alten Frauen auf der Insel, für die es ein Leben lang kein Entrinnen aus der Männerwelt ihres Lebenskreises gab. Ich mache eine Aufnahme mit dem Teleobjektiv. Wie versteinert schaut das Gesicht in meine Richtung, aber ihre Augen leben nicht. Ich bin sicher, daß ich sie nicht inkommodiert habe. Meinen geschönten Begleiterinnen ist sie nicht aufgefallen.

Wir kommen zum Steg zurück. Unverfänglicher Wortaustausch. An Deck steht der Dieselkanister. Schwer, voll, wie das? Unter Deck Geräusche, albernes Lachen. Chris auf meiner Koje, glasige Augen, jenseitiges Augenrollen. Er ist alleine losgezogen und hat den Tank abgefüllt. Und dann sich selbst. In der bewußten Taverne. Dunkle Gestalten, erzählt er später mit schwerer Zunge, als hätte er damit das Deck gereinigt. Ich bin erst recht froh, daß ich nicht reingeschaut habe, drüben.

ooo

Zwanzig Uhr, Zeit für Abendmusik. Notre Dame de la Miséricorde gibt uns zu Ehren das tägliche Glockenspiel. Ein Augenblick der Besinnung, nicht klerikal, sondern um das wieder einmal gelungene Abendmahl der Backschaft zu ehren und uns daran zu erfreuen und satt zu essen. Das Geläute klingt für Minuten über den Hausdächern, dem Hafen und unserer Hanseatica. Es liegt wie ein beschützender Schirm über uns und unserem Wohlbefinden.

Sonntag, 06. Mai

Das war's dann mit Faulenzen auf dem Landgang. Wir wollen weiter. Gestern noch grosses Einkaufen, denn der Lebensmittelmarkt in Propriano hatte geöffnet, es war gestern ein ganz normaler Samstag. Diesel und Fressalien also gebunkert. Kein Grund zur Sorge, kein Argument zum Trödeln. Bonifacio, einmal muss es doch wahr werden. Dann verzögert sich die Fahrt doch noch einmal. Ein weiterer Hafentag steht an, aus persönlichen Gründen sozusagen. Doch darüber später.

Montag, 07. Mai

Auftakt zu neuen Taten an Bord, eine Gelegenheit, mit fragwürdigen Mitteln, die Crew in Bewegung zu bringen. Fremdsuggestion. Mehr Viehtrieb als geruhsame Melkstunde. Motivation geht anders. Dann aber: der Blick aus dem Bauch unserer Yacht fällt auf sehr passables Wetter. Könnte ein Segeltag werden, denn der Wind weht gemäßigt. Wir können unbesorgt alles Tuch setzen und machen gut Fahrt. Genau besehen, unser erster richtig Segeltag, so, wie man es sich erträumt. Erträgliche Krängung, Wassergesang unter dem Kiel, Windsausen um die Ohren. Und Sonne oben, schon beim Verlassen der tief in das Land einschneidenden Bucht. Zuerst scheint sie von achtern an Backbord bei nordwestlichen Winden, während das Schiff auf der gleichen Seite liegt, dann fahren wir die erste Wende auf Höhe der Île d´ Eccia, aber weiter draußen, und liegen jetzt auf Steuerbordbug, die Segel weit aufgefiert, bei etwa einhundertzehn Grad. An Backbord Cap de Civia, Cap di Murtoli. Die See rauscht unter den Planken, wir machen richtig Fahrt. Halse und Baum rüber sieben Meilen westlich Pont de Senetose. Wind immer noch achterlich, drei bis vier. Das Echolot schallt vor sich hin, wir gleiten über den Haut - Fond de Latoniccia, eine Untiefe von dreiundzwanzig Metern, keine Gefahr, unser Kiel reicht nur zwei Meter ins Wasser. Navigatorisch ist der „hohe Grund" aber wichtig, weil dreieinhalb Meilen südwestlich die Mönche höchst unchristlich die Seefahrt bedrohen. „Les Moines", eine Ansammlung wenig frommer, scharfer Felsenriffe unter der Küste, vielleicht zwei Meilen querab von der Plage de Erbau, deren helle Bogenlinie wir bei klarer Sicht mit bloßem Auge ausmachen können. Es soll zwar eine Tonne südwestlich der Mönche geben. Aber wir sind im Mittelmeer, man kann nie wissen. Ausserdem kommen wir von Nordwest. Voraus schießt blendend weisse Gischt hoch, jenseits der Riffe. Auch gut zu erkennen ist die Südwest - Tonne. Wenn man nachts diese Stelle passieren will, kann man nur darauf hoffen, dass die Befeuerung gerade mal funktioniert. Die Mönche werden sicher nicht beim Ausweichen helfen.

Weit entfernt hinter uns noch in Sicht der Turm auf dem Capo Feno, Peilung circa fünfundneunzig Grad über Backbord. Die Mannschaft hängt faul an Deck herum. Ich lümmele im Cockpit, Chris liegt rücklings mit überstrecktem Rücken auf dem gewölbten Kajütdach. Tina hat sich wie ein Schlangenmensch um den Bugkorb geflochten. Das ist meine Tina, Hemdchenflattern, Winken mit den

Augen. Titanic en miniature. Mehr Leute sind wir nicht. Außer Lilo. Sie findet immer etwas zum Räumen. Angewohnheit von zuhause, schätze ich mal. Ersatzhandlung? Ordnungssinn? Tampen versorgen, Leinen aufschießen, überschüssige Enden von Fallen zu Schnecken aufrollen. Um den Skipper zum Schmunzeln zu bringen?

Harmlose Böen zerren am Fockstag. Prallsegelformation. Zufriedenes Gurgeln unter dem Kiel. Poseidon und Rasmus in freundschaftlicher Gemeinsamkeit, heute auf unsrer Seite. Wenn schon, so wäre das ein Anlass, die alten, griechischen Götter anzusprechen. Als Dank für Segelglück. Nicht immer nur um Hilfe betteln, wenn was nicht klappen will.

ooo

An den Mönchen sind wir inzwischen heil vorbei gekommen, ohne Betgesänge übrigens, was soll also noch passieren. Es läuft einfach gut. Zu gut. Plötzlich Chris, schreit aufgeregt: "Anluven, mit dem Bug durch den Wind, sofort!" Tini am Ruder reagiert ungeheuer professionell, „toll, die Kleine!", denke ich und hole mit Lilo die Genua-Schot dicht, um das Wendemanöver einzuleiten und den Druck von den Steuerbordwanten zu nehmen. „Seht mal, da oben!", ruft Chris und zeigt zur zweiten Saling hoch. Ärger mit der Luv - Verstagung. Das Wenden ist schwierig, denn die Genua verfing sich immer wieder in der oberen Backbordsaling. Jetzt können wir sehen, warum. Das Bandeisen, von dem das Want an der Salingsnock gehalten wird, hat sich teilweise gelöst und wirkt wie ein Haken, in dem sich das beim Übergehen vorbeigleitende

Tuch verfangen muss. Das steuerbordseitige Oberwant ist jetzt ganz von der Nock der Saling abgesprungen und baumelt hilflos am Mast herunter, zwar noch im Top und an der unteren Saling fixiert, aber statisch unwirksam. „Teufel, Teufel, das hätte auch verdammt schief gehen können!", höre ich Tina rufen. Eine echte Seefrau ist sie geworden. Es ist ein großes Glück, daß wir das Schiff trotzdem durch den Wind bringen. Mancher Mast wurde auf diese Weise geknickt, mancher Schädel zertrümmert, mancher Schiffsrumpf leck geschlagen.

Um es noch einmal klarzustellen: das Want läuft außen über die Nock der Saling und wird durch ein dort ver- schraubtes Metallband an seinem Platz gehalten. In un- serem Falle hat sich die bugseitige Schraube gelöst und so das drohende Fiasko in Gang gesetzt. Christian ist es zu verdanken, seiner Aufmerksamkeit und seiner klugen Anweisung, daß uns nichts schlimmeres geschehen ist. Und natürlich der schnellen Reaktion von Tina. Runter jetzt mit der Genua, und weiteres Auffieren der Groß- schot, um Fahrt aus dem Schiff zu nehmen. Der Wind spielt mit, unsere Stimmung ist gut, der Zustand der Ge- nua eher schlecht. Ein langer Riß querdurch.

„Christian, hast Du mir nicht gestern eine Schraube ge- zeigt, die auf dem Deck herumlag?"
„Stimmt, jetzt wissen wir's !"
„Hast Du super beobachtet, aber wir haben's nicht ka- piert."

Über Lilos Gesicht geht ein Lächeln auf, das lange anhält und sie mir in einem anderen Licht erscheinen lässt als bisher, weiblicher, empathischer, und ich sage mir, daß ich als Skipper, aber auch als Mensch, noch viel zu lernen habe.

Schön und gut, aber es muss etwas geschehen. Das Wetter ist stabil, es reizt uns, den Schaden unmittelbar mit Bordmitteln zu beheben. Gute Seemannschaft, Ehrgeiz, Matrosenromantik. Skipper ist gefragt, bei der Höhe will sonst Niemand. Ich hole mir eine kleine Werkzeugkiste und lasse mich mit der Dirk zur Saling hochziehen. Ganz schön hoch. Dazu noch trennt mich eine gute Armlänge von der Nock. Erstmal Anleinen. Palstek, versteht sich. Und dann Hinauslehnen in die freie Luft. Die Schraube habe ich bei mir. Sie sitzt nach vielen vergeblichen Versuchen wieder an ihrem Platz, aber ich habe den Eindruck, daß sie nicht mehr streng fasst. „Also Tape drüber", sage ich mir und versuche, einige Touren um das Bandeisen zu wickeln. Das ist noch schwieriger, die Hanse macht trotz freiem Baum einige Knoten, und das ranke Schiff krängt etwas nach Steuerbord. Der Mast kann nicht anders als entsprechende Schwankungen mitzumachen. Schaukelgefühl oben in Höhe der Saling. Nicht aufgeben, durchhalten, weitermachen. Aus meiner prominenten Position sehe ich die zunächst weit achterlich an Backbord gesichtete Silhouette einer Fähre nun auf Steuerbord, erheblich näher, als mir lieb sein darf. Diese großen Pötte sind nicht in der Lage, innerhalb weniger Meilen Ausweichmanöver zu fahren. Ich will aber oben bleiben, meine Arbeit zu Ende bringen, und rufe meine Entscheidung nach unten: „hört mal, Leute, wir müssen nochmal wenden, die Fähre ist uns zu dicht auf den Fersen, und sie ist auf Kollisionskurs. Kann man von hier oben gut sehen.

Wir sind durch die erzwungene Kehre zu weit von der Küste abgekommen. Das haben wir davon. Ich klammere mich an den Mast, hänge wie ein Faultier im Rigg und überlasse es Christian, den Bug wieder durch den Wind zu bringen. Diesmal nur mit dem Groß. Klar, daß er dazu anluven muss. Folgerichtig krängt das Schiff und ich schwinge in der Luft. Zirkusgefühl. Es kommt mir vor, als könne ich mit der Hand Fische aus dem Wasser ziehen.

„Schön gemacht, aber lass´ die Großschot wieder locker", brülle ich gegen den Wind an.
„Weiss ich doch, Skipper", sagt Christians Mund, soweit ich es von oben verstehen kann.
„Coole Mannschaft. Völlig falsch eingeschätzt, Mann, Mann."

Einmal werde ich auch fertig da oben. Runter an der Dirk und weg mit dem Lifebelt. Wieder mal die Welt gerettet, unsere augenblickliche zumindest. Das Schönste daran ist, daß wir weiter unter Segel fahren können. Das Zweitschönste der Kuss von Tina. Darum geht es doch. Allgemeines Kamera-Klicken. Magenknurren. Backschafter, ab in die Kombüse. Bitte ein leckeres, sagen wir mal Nachmittagsessen. Und das bei blauem, sonnigem Mittelmeerhimmel und sanftem, warmem Wind. Zehn Meilen von der Küste entfernt, und mit dem Glas immer noch Capo Feno, als wolle es uns nicht loslassen.

ooo

Siebzehn Uhr dreissig. Seit einer halben Stunde Aufbau einer zunächst achterlich wachsenden, hellen Wolkenket-

te, überholt uns dann, zunehmend dunkel, blaugrau ver-
färbt, zerfetzte Basis, korkenzieherartige Fortsätze nach
unten. Sich ausbreitende Kühle. Zunehmender Wind. Die
Sonne inzwischen tiefliegend, hinter einem Dunstschleier,
gelb getönt. Was soll das werden? Kurs Phare de la Madonetta, nordwestlich der Einfahrt in die fjordartige Was-
serstrasse. Länge eine Meile, breite einhundert Meter. Da
hinein geht's nach Bonifacio. Direkt voraus die Kennung
des Feuers auf dem Capo Pertusato, der Eingang in die
Straße von Bonifacio ganz am Südende der Insel. Das
wird auch so ein heisser Ofen werden. Aber erst einmal
ist Boniofacio dran. Von See her ist man navigatorisch
auf Turm und Befeuerung der Madonetta angewiesen,
die Einfahrt kann man sonst kaum erkennen. Man würde
den Landeinschnitt verpassen und müsste in einer Hun-
dekurve zurück. Ärgerlich, unnötig, unseemännisch. Hohe
Wohngebäude und Kirchen auf der Landzunge südlich
der Anfahrt taugen lediglich von Südost als brauchbare
Landmarken. Von Westen her dominiert die Felskante,
die aus der Entfernung mit der Küste hinter La Madonetta
verschmilzt, optisch. Im Abendlicht passieren wir den
Leuchtturm. Die dunkle, drohende Wolkenfront ist heimlich davongezogen. Wir haben auch nicht weiter darauf
geachtet, da der Wind zwar stärker, aber dennoch mäßig
geblieben ist und das Landschaftsbild uns ungeheuer
fasziniert. Die hohen Felswände links und rechts, die Plage d´Arinella an Backbord, La Cayenne, und dann der
Blick tief in die Hafenbucht sind zu beeindruckend, obwohl ich einen Augenblick meine, wir würden in ein riesi-
ges Drachenmaul hineingesogen. Je näher wir uns den
beiden Ufern nähern, desto höher ragen die Felswände
auf und lassen unser Schiff mehr und mehr schrumpfen.

Genicksteife, Schwindelgefühl, Ergriffenheit. Die gesamte Mannschaft.

Noch ein leichter Schwenk nach rechts, dem Verlauf des Fjords folgend. An der Nordseite die Festung hoch auf dem Fels, gewaltig, von oben herab drohend. Nach einer letzten Biegung die ersten Gebäude an der Nordseite des Hafens. Kaum fällt bei dem nachlassenden Licht auf, daß es sich um noch nicht bewohnte Neubauten handelt, weil die Fassaden und ihre Färbung der regionalen Architektur liebevoll angepasst wurden. Die östliche Begrenzung des Hafenbeckens und die südlich davon gelegene Hafenstrasse kommen in Sicht. Dahinter alte, hohe Häuser mit schmalen Fassaden, das alte Bonifacio, den Neubauten gegenüber liegend.

ooo

Eine große Menschenmenge steht da versammelt, unser Schärenkreuzer ist schon einen zweiten Blick wert, sowas fährt hier in diesem Seegebiet nicht alle Tage in einen Hafen ein. Motorräder mit Polizeisirenen auf der Straße, eine Bewegung geht durch die Menge, so wie ein Wind über ein Kornfeld fegt. Doch etwas viel an Enthusiasmus. Wir kommen näher heran und bemerken, daß uns die Menschen alle den Rücken zudrehen. In diesem Augenblick, im Licht der Straßenlaternen, fliegen zwei, drei farbige Mützen über den Jubelnden vorbei, die Köpfe der Spitzenposition, ein Rennrad - Finish. Tobender Applaus, als der Sieger die Ziellinie irgend wo dort drüben am Kai erreicht. Die Hanseatica ist dennoch ein schönes Schiff. Nach wie vor unbemerkt laufen wir weiter in den Hafen ein. Am Ostende belegen wir an Muringketten, den Bug vom Kai abgewandt, römisch - katholisch wieder einmal, diesmal das Heck zum Wind, aber dicht an der Pier. Einfaches von Bord - Gehen. An unserer Backbordseite ankert eine kanadische Yacht mit einem Ehepaar aus Toronto, an Steuerbord ein Neuseeländer. Internationales Flair. Wir fühlen uns sicher. Deck aufgeklart. Erste Frage: „où sont les douches?" Christian kennt sich hier aus, von einem früheren Törn. Gut zu brauchen, der Mann. Selbstkritik? Zielführender Standpunkt? Der Eingang liegt versteckt hinter einem Hotel im Norden des Hafens. Ein Doppelgänger (oder besser eine gelungene Karikatur?) von Salvadore Dalí, wie geklont, tatsächlich, aber hier als Inhaber der Hygieneanstalt auftretend, weist uns freundlich darauf hin, daß sein Etablissement seit einer halben Stunde geschlossen sei. Er erhebt sich höflich von seinem Abendbrottisch, der ihm auf dem Gehweg vor den Duschräumen bereitet wurde, damit ihm das Eintreffen der Rennfahrer nicht entgehe. „Tout est fermé malheureusement, je suis désolé!", sagt er in seiner klangvollen Heimatsprache, sieht dabei aber nicht sehr traurig aus. Eine angemessene Zuwendung, in bar, s'il vous plaît monsieur, bien sûr, mercy monsieur, und wenigstens unsere Damen bekommen Zugang. Mehr Zusatzarbeit ist nicht zumutbar, anscheinend. Immerhin, die halbe Crew in unendlichem Vergnügen. Davon profitiert auch die andere Hälfte, in anderer Weise.

°°°

Nach dem Abendessen an Bord zieht es uns doch noch einmal an Land, wenigstens die Nase mal in die Strassen der Altstadt oben auf dem Felsrücken stecken. Um die Dächer der sechs, sieben Stockwerke hochragenden Häuser heult der Wind. Eng drücken sie sich Seite an Seite, die Fensterreihen unregelmäßig verteilt. Unansehnliche, schwarze Katzen schleichen geisterhaft aus Hauseingängen, die hungrig aufgerissenen, zahnlosen Ungeheuer - Mäulern gleichen. Die schmalen Fassaden schlafen, verrottet, schmutzig-grau. Nur gelegentlich eine dünnstielige Straßenlaterne, fahles, schaukelndes Licht, das kaum zum Boden hinabreicht, um dem groben Kopfsteinpflaster einen matten Glanz zu gönnen. Unbestimmbar, von woher die Stromleitungen gespeist werden. Kein Mensch auf den Straßen, kein Laut außer dem Schlurfen unserer Absätze. Wie Fahrzeuge eines fremden Planeten wirken die wenigen verbeulten, hier und da vergessen herumstehenden Autos. In dieser „glücklichen Stadt" sollen sich Karl der Fünfte und auch Napoleon, der große Napoleon, aufgehalten haben. Weiss Gott, sie hätten Arm in Arm um die nächste Ecke biegen können, man hätte „Grüß Gott" gesagt, oder wahrscheinlicher „bon soir", und wäre weiter gezogen, ohne sich zu wundern.

Christian scheint sich hier wohl fühlen, er lebt auf in dieser Dunkelwelt. Er sucht ernsthaft nach einer Diskothek. Oder nach einer Kneipe, wie in Propriano, im Hafen der Berufsschiffer. Es ist aber alles geschlossen, passend zur nächtlichen Tristesse dieses verlassenen Ortes.

Die Temperaturen sind gesunken, es wird empfindlich kalt. Lilo verstummt zunehmend, wobei wir ohnehin kaum reden, wenig animiert von der Umgebung. Sie rennt voraus, weil sie friert und sich warm laufen will. Ihre Schritte hallen gespenstisch. Ich habe zusätzlich noch einen dicken Pulli dabei. Hoffentlich holt sie sich keine Erkältung. Ein Skipper fühlt sich für das Wohl jedes einzelnen Crewmitgliedes verantwortlich.

Nur widerstrebend nimmt sie die Strickjacke an. Aber kein „ach nein, meinst du?", „ich weiß nicht recht", „kann ich doch nicht annehmen!", „wäre doch nicht nötig gewesen"." Einfach ein schwesterlicher Blick, sympathisch, verletzlich, und fertig. Tinas Gesicht nachtverschattet, etwas asymmetrisch. Sie verlangsamt ihren Gang, bleibt zurück. Schnell ist sie wieder bei mir, nimmt meinen Arm, drückt sich an mich.

Vor dem Schlafengehen bleibe ich noch ein Augenblick an Deck, es bläst stark aus Nordost. Über Nacht heult Sturm in den Wanten, von einem an Land aufgedockten Schiff klingelt ein Stahlfall unentwegt an den Metallmast, in schneller Folge, wie eine Alarmglocke. Was das nur soll, mit dem ganzen stehenden Gut aufgedockt. Die Hanseatica liegt verhältnismäßig ruhig im Wasser, wiegt sich nur leicht und lässt uns gut träumen.

Dienstag, 08. Mai

Die erste Nacht im Hafen von Bonifacio ist im Tiefschlaf vergangen.

„Hallo, ihr zwei!"

Tina und ich gleichzeitig: „Hallo."

Ungezwungene Stimmung an Bord.

„Kommt, setzt euch, das Frühstück ist fertig."

„Nein, habt ihr noch nicht angefangen?"

„Doch, sicher. Für euch ist aber genug übrig geblieben, ihr Schlafmützen." Lilo in der Rolle der perfekten Gastgeberin. Sie spielt keine Rolle, finde ich. Sie macht es wirklich gern. Zusammen im Cockpit. Hunger, aufgedrehte Stimmung und ideale Segelbedingungen, was für eine Mischung.

„Wer von euch hat eigentlich die Idee mit dem Hotel gehabt?", will ich wissen.

„Sie", sagt Chris, und gleichzeitig Lilo:

"Er hatte den Einfall, gut, was?"

Chris lenkt ab: "die Genua bringe ich nachher zum Flicken, heute wird's noch nichts mit der Südumrundung. Schade, es wäre eine ideale Wetterlage." Ich akzeptiere das Ausweichmanöver und versuche, einen Schluß daraus zu ziehen.,

„Du, ich muss sowieso nochmal in den Mast. Der Beschlag an der Salingsnock ist nicht perfekt, das war eine provisorische Maßnahme, draussen auf See."

Trotzdem nehme ich mir heute einen freien Vormittag, denn unsere Mädels haben sich einen Frauentag, wenigstens einen halben, gewünscht. Frauengespräche,

Boutiken auf der Hafenstrasse, Gekicher, un café dans la rue, se promener, être vu et admiré. Was weibliche Gemüter aufpuscht. Sie haben es verdient, für ihre Leistungen an Bord, aber auch überhaupt. Frauen, denke ich, müssen verwöhnt werden, immer wieder, es braucht keine Begründung jedes mal. Zugegeben, Einschränkungen gibt es immer, wie bei jeder Theorie. Die Praxis, darauf kommt es an. So sehe ich das. Sie sind per se anbetungswürdige Geschöpfe, ganz egal, ob sie, wie wir Männer, vom Affen abstammen, oder aus einer unserer Rippen gefertigt wurden. Die zweite Theorie hat den Haken, daß mir kein Maskulinum mit nur dreiundzwanzig Rippen bekannt geworden ist, ausgenommen meinetwegen Unfallverletzte.

Sie sollen ihren Freiraum haben. Klare Ansage des Skippers. Basta. Nicht Bastia, da waren wir schon, da kommen wir auch noch einmal hin. Beruhigt?

Chris kennt den Segelmacher am Ort. Die verletzte Genua ist bei den beiden in guten Händen. „Und der Skipper nutzt die Gelegenheit für einen Spaziergang zur Küste runter", nehme ich mir vor, mit Kamera um den Hals und mit Überlegungen zu den zwei vergangenen Tagen, deren Ereignisse darauf brennen, im Bordlogbuch verewigt zu werden - soweit sie für den Törnverlauf relevant sind. Und das sind nicht alle, diesmal nicht. Diskretion, Privatsphäre, Rücksicht, um nur das Wichtigste an Bedenkenswertem zu nennen. In meiner freien Stunde will ich mir eine Übersicht über unsere jüngste Vergangenheit verschaffen.

Nach dem Bordfrühstück erst noch ein Croissant-Solo gegenüber im Café. Chris, mein erster Offizier übernimm das Kommando an Deck. Wenn man über zurückliegende Geschehnisse nachdenkt, kann vieles verloren gehen, weil es nicht im Gedächtnis haften geblieben ist, zu unwichtig, zu unangenehm erscheint, weil zu vieles auf einmal eingetreten ist. Das trifft auf mein Bild von den letzten achtundvierzig Stunden weniger zu. Nichts ist verloren gegangen, alles arbeitet noch frisch in mir und wartet darauf, in geeigneter, gerechter, ausgewogener Form beachtet und gewürdigt zu werden.

In der letzten Woche hatten wir ein großes Programm. Christians Opfergeste, meine überzogene Reaktion, zugegeben, und dann, was war das gewesen, Lilos Ablenkungsmanöver? Wiedergutmachung? Weibliche Geste der Harmonisierung, Friedensstiftung? Wenigstens Friedensangebot? Was ich meine, ist die Überraschung, die dem schrägen, christianisierten Heidenkult folgte.

ooo

Die Verschobene Abreise aus Propriano? Ein VIP Termin lag an. Tinas und mein Termin. Was uns zu einem weiteren Liegetag im Hafen von Propriano veranlasst hatte? Der Freischein für eine Sonntags - Übernachtung im „Maison au - dessus des Toits de la Ville" lag völlig überraschend morgens auf Tinas Koje, als wir meeresfrisch vom Müll - Badestrand zurückkehrten. Frühstück? Fertig im Cockpit arrangiert. Lilo? Die Güte und Freundlichkeit in

Person. Christian bot ein buntes Bild von Gefühlen, Motivationen, guten Vorsätzen, Reue, garniert mit dem für ihn typischen verlegenen, leicht unterwürfigen Lächeln. Krumme Haltung, Kopf schräg auf den irgendwie verbogenen Schultern, anatomisch nicht nachvollziehbar. Lehrstück für Körpersprache. Sein Blick um Nachsicht und Verständnis heischend. Ja, ich weiss, meine Charakterisierung ist unerbittlich und schonungslos. Ich entschuldige mich dafür. Aber immerhin habe ich nichts davon verlauten lassen. So schrecklich bin ich wieder nicht, findet auch mein Schatz.

Nochmal, wie war das gewesen? Was es auch war, auf Tinas Kopfkissen lag also die Reservierung für eine Nacht in dem Hotel mit dem unaussprechlichen Namen. Das allein gefiel mir schon sehr. Geheimnisvoll, verlockend, fast mystisch.

Im Rückblick denke ich heute, und da pflichtet mir meine Tina bei, der Skipper sollte bestochen werden. Im besten Sinne, wohlverstanden. Der Versuch hat geklappt, wir haben damals angebissen, haben schamlos zugegriffen und verteufelt wenig danach gefragt, auf keinen Fall zu viel nachgefragt. Es war zu verlockend. Mitleid mit dem verliebten, aber unverheirateten Paar? Uns doch egal. Erstaunlich unverklemmtes petit déjeuner mit croissants und Kaffee aus der Bord - Espressomaschine. Tatsächlich, sowas haben wir. Ich kann nicht sagen, daß ich mich an ein negatives Gefühl wegen der ungleichgewichtigen Situation erinnern würde. Egoismus? Selbstgerechtigkeit? Wie auch immer, wir schnappten uns den Prospekt mit der Adresse und betrachteten den vor uns liegenden Tag als Freizeit, frei von Seemannsaufgaben, frei von trüben Gedanken und Reflexionen. Ganz schamlos zogen wir davon, und alle wussten, wozu wir die unerwartete Gelegenheit nutzen würden. Das war ja gerade der Sinn der Sache. Vielleicht ein wenig direkt, indiskret, manipulativ. Aber meine Süße und ich waren schon überfällig, nach all den Nächten in getrennten Kojen, nach mißgünstigen Blicken in die Bugkabine, vor der sich nachts nichts regte außer unserem Neid und unserer verdrängten Leidenschaft füreinander. Wie hatten wir das nur ausgehalten ohne Mordgedanken und Giftanschläge.

○○○

Ich bestelle mir doch noch einen Cappuccino. Es gefällt mir hier, an dem wackeligen, geflochtenen Gartentisch auf dem Gehweg, hinter mir Thekengeklapper aus dem Café, die schon warme Seeluft. Erinnerungen an die letzten Tage. Tina und ich denken viel daran, besonders an die Nacht in dem Hotel, das so verlassen in einer ehemaligen Häuserzeile oben am Stadtrand als einziges die Unwägbarkeiten der Zeit überstanden hatte. Links und rechts Ruinen. Offen stehende Eingangstür. Ein Emaille-Schild von der Größe einer halben Aktentasche . „Bureau 1° Etage," darunter eine schwarze Hand, deren Zeigefinger zur Treppe hinweist. Knarrende Holzstufen, Eisengeländer. Der Portier mit verkniffenem Gesicht, kleiner, gestutzter Schnurrbart auf der Oberlippe. Geöltes, glattgestrichenes Haar, streng gescheitelt. „Aha," dachte ich, „solche gibt's überall". Ich sagte aber nur: „tout payé," Er nickte, schob einen Schlüssel über den Tisch, an dem er saß und in einer Zeitung blätterte. Ohne aufzusehen.

Aber sein anzügliches Grinsen war widerwärtig. „Deux cent dix - huit, deuxième à droite". Seine Gedankenwelt hatte für uns nichts zu bedeuten, wir waren nur für uns da, hatten nur Augen, Hände und Zeit für uns alleine. Baderaum eine halbe Etage tiefer. Das Duschen zu zweit, das völlig andere Gefühl meiner Hände auf Tinas nasser Haut, die rieselnde Wärme überall, Tinas klopfendes Herz. Lachend die Stufen hoch, Handtücher um die Hüften. Dann die Streifentapete, verblichen, das Blumenbild neben dem Goldrandspiegel à la Versailles, ridicule, die knarrenden Dielen, die schmalen, hohen Türflügel mit den seitwärts durch schwarze Kordeln gerafften Spitzenvorhängen vor der winzigen, durch eine pompöse Balustrade umrandeten Terrasse. Sonst gab es noch einen Tisch, einen wackeligen Stuhl Das Bett, natürlich das Bett. Darüber aber kein weiteres Wort. Das gehörte uns allein, auch verbal. Intimsphäre. Nur eines: der Blick nach oben an die Decke konnte sich an einem fünfarmigen, elektrifizierten Kandelaber erfreuen, der, an einer Messingstange hängend, der Mitte eines runden Stuckringes in Barockdesign entsprang. Alles hatte den zweideutigen Touch einer Kuppler - Absteige, angefangen mit der merkwürdigen Vermittlung. Das an sich ärmliche, heruntergekommene Ambiente hatte dennoch eine erotische Ausstrahlung auf uns, es war fremd, aber irgendwie geheimnisvoll in seiner Dekadenz. Kein Erdbeben hätte uns auseinander gebracht in dieser wunderbaren Zeit der elementaren Verbundenheit. Ich bin mir sicher, wenn Tina nicht schon schwanger gewesen wäre, das hätte sich geändert in diesen Stunden, in denen wir schließlich erschöpft beieinander lagen und nicht glauben wollten, daß draußen schon die Sonne versuchte, durch die Vorhänge unseres Zimmers zu schlüpfen, um nachzusehen, ob es stimmte, was der Mond ihr bei der Wachablösung der Gestirne erzählt hatte. Zweifellos eine der schönsten Nächte, solange wir uns kannten. Unvergesslich.

Und am Morgen danach? Wir Verliebten verbrachten ihn, immer noch alleine mit uns, auf dem Balkon des Apartments, Arm in Arm, unbekleidet. Ich zitierte, etwas theatralisch, zugegeben: "verweile doch, du bist so schön" .Tina drehte sich zu mir, schlang ihre Arme um mich. Ihr Haar kitzelte meine Nase. Sie stellte sich auf die Zehenspitzen, um an meinem Schlüsselbein nagen zu können. Ihr nackter Rücken war von der Straße aus zu sehen. Unten ein Pfiff, jemand lachte. „L'amour est bleu!" Die Worte schallten an der Fassade des Hotels hoch zu uns. „bleue, das finde ich gerade nicht", war mein Gedanke. Ich winkte dem Mann mit der Hand zu, über Tinas nackte Schulter hinweg. „Das Leben kann so schön sein", dachten mein Verstand und mein Herz gemeinsam in diesem Augenblick und versprachen sich, ihn nie zu vergessen. Gemeinsam gingen unsere Blicke über die Stadt, zum Hafen, zu den nickenden Masten, zu der glitzernden Fläche des Meeres in der blendenden Morgensonne, die unsere Körper zu wärmen begann. Blicke auf ein kleines Stück der Ewigkeit. Da war die schmächtige Stimme einer der Glocken der Eglise Notre Dame de Misericorde in der Rue du Dr. Félix Mariani, die lieblicher und klarer klang als noch am Tag zuvor, obwohl es diesmal kein Glockenspiel gab. „Ein göttlicher Moment", sagte Tina unvermittelt. Sie klang irgendwie feierlich, fast religiös verklärt. Sie hat, anders als ich, eine enge, wenn auch unkonventionelle Beziehung zu Glaube und Mystik, aber überirdisch, ausserirdisch, in deren Nähe auch ihre Sensitivität zuhause ist. Es gab für uns nie ein Problem damit. Sie war weich und verträumt dadurch, und das liebte ich an ihr. Es ist etwas, das man lieben muss, wenn man weiblicher Wesensart so nahe steht wie ich. Es ist beruhigend, dass solche Geschehnisse so klar gespeichert sind, denn gerade jene Nacht bedeutet mir sehr viel, sie ist ein Teil unseres Lebens, ein Teil von Tina und mir, den ich auf keinen Fall verlieren wollte.

∘∘∘

Noch im Café: ein weiteres Croissant vielleicht? „Nein, jetzt wird's Zeit für den Fototrip," sage ich mir. Ich will zur südlichen, offenen Küste, wo die hohen Kalkwände Jahr um Jahr weiter abbröckeln, und immer wieder eines der Wohnhäuser mit hinabgerissen wird. Der Weg führt dicht an der Festung vorbei hoch auf den Felsrücken, der die Stadt trägt. Alles scheint noch unverändert gegen gestern Abend, soweit ich das von meinem Standort beurteilen kann. Nach rechts geht die Straße ab, auf der wir den ersten, wenn auch düsteren Eindruck gewonnen haben. Ich kann tief in die Häuserschlucht hineinsehen. Es ist wirklich eine Schlucht.

Dem realistischen Auge bieten sich baufällige, für ihr Alter sehr hohe Häuser. Wenige Meter breite Fronten, Eingänge, schmucklos, Fluidum des Unbewohnten, Leblosen. Bröckelnde Wände, schiefe Fenster, wie ohne Hintergrund, raumlos, zeitentfremdet. Jenseits jeder rentablen Renovierbarkeit. Fragwürdige Statik, morbide, einsturzgefährdet wie die Bauten unmittelbar am Felsabhang. Todgeweiht alles hier. Keinerlei Bewegung. Immer noch nichts Lebendiges.

Mein touristisch orientiertes, anderes Auge, nämlich das in der Kamera, immer auf der Jagd nach malerischen, dramatischen oder menschlichen Motiven, ist da anderer Meinung, hat etwas anderes entdeckt. Im morgendlichen Schräglicht ist die Rue Doria, unser gestriges Ziel, zweigeteilt. Da sie etwas weniger als neunzig Grad Ost verläuft, sind die nördlichen Häuserfronten hell angeleuchtet von der noch tief stehenden Sonne. Scharf wie Messerschnitte stechen die Schattenlinien der Gebäudekanten hervor und charakterisieren ihre Straßenseite als Optimismus weckende, plastisch Front. Von meinem erhöhten Standpunkt aus bietet sich zusätzlich der Blick auf die ziegelfarbenen Dächer, abgestuft in den verschiedenen Höhen der Mauern, wie ein in unregelmäßigen Falten liegendes Tuch ausgebreitet. Der Kontrast zu dem darüber stehenden Blau ist unbeschreiblich, ja, ergreifend. Eine bessere Umschreibung fällt mir nicht ein. Die Straßenseite gegenüber liegt noch im Schatten, konturlos, nur angedeutet die Unterschiede der Gebäude, und dazwischen die unzähligen Steinköpfe der Straßenpflasterung, ziemlich genau in der Mitte ihres Verlaufes ebenfalls in hell und dunkel unterteilt. Unwirklich, hart darüber der wolkenlose Himmel. Die Gesamtwirkung ist ungeheuer ausdrucksvoll, Licht - und Formenreichtum sind überwältigend und sprechen die klare Sprache eines vollkommen harmonischen Bildes. Dieses Motiv gehört für die eine Minute allein mir. Und meiner Kamera.

Aber da ist noch etwas anderes, etwas drittes, das sich zur Mitsprache meldet. Etwas in mir, das vorsichtig, zögernd, aber doch drängend meine Aufmerksamkeit fordert. Als ich mich ihm zuwende, beginnt plötzlich die Straße zu leben. Lichtreflexe überall, bis in die verborgensten Ecken. Frauen in schwarze Umhänge eingehüllt, mit ebenso schwarzen Kopftüchern ihre Gesichter verhüllend. Farbenfroh gekleidete Kinder springen lebhaft, ungehemmt lärmend, von links nach rechts, kommen aus den schmucklosen Ausgängen gerannt. Ein Hund, eine graue Katze. Hinter den Fensteröffnungen bewegen sich Gestalten, Gerüche von Kochstellen ziehen vorbei. Eine Marktkarre poltert über das grobe Pflaster. Tatsächlich, dieser eigentlich trostlose Ort ist wie von einem Fluch befreit und auferstanden, direkt vor meinen Augen. Ein Trugbild meiner Fantasie? Kein Trug, wenn die große Uhr der Weltzeit rückwärts gedreht würde, ich weiss nicht, um wieviele Jahre, Jahrzehnte, vielleicht Jahrhunderte zurück. Oder auch nur um eine Stunde nach vorne, damit du Gelegenheit hast, zu erwachen, du glückliche, dem Untergang geweihte, alte Seeräuberstadt Bonifacio.

Rechts die aufragenden Mauern der Zitadelle, geradeaus vor mir Mauerreste verfallener Gebäude, niedrig, von magerem Gras bedeckt, Schutt als Bodenbedeckung. Die Rue Doria bleibt, gleich in welchem Zustand, rechts liegen, denn ich nehme den Pfad geradeaus, auf die Küste zu. Jetzt auf Treppenstufen, von Betonplatten unterbrochen, in mehreren Kehren bis hinunter zum Wasser, teils sehr abschüssig. Keine Wanderroute für Sandalen zur Plage de Sutta Rocca. Meine halbhohen Lederstiefel bewähren sich, vor allem wegen der groben Profilsohlen.

Auch Vipern hätten keine Freude an mir, denke ich mir so nebenbei. Postkarten fallen mir ein, auf Drehständern vor den Geschäften in der Hafenstrasse,wie sie in allen Häfen herumstehen, aufdringlich, unangenehm bunt, immer gleich. Mein erstes Fotomotiv verwässert in der Erinnerung, aber es kommt keine wirkliche Enttäuschung, denn der Anblick hier unten löscht sie im Entstehen aus, drängt sie fort, macht sie unwirksam.

Kalkbrocken der verschiedensten Größen, bis zur Masse eines kleine Gebäudes, liegen vor dem Ufer im grün-blauen Meer verstreut. Angeblich wurde Odysseus damit beworfen. Ach nein, das waren die Riffe in der Straße von Bonifacio, die er durchquerte. Aber diesen Strandabschnitt hier, den abenteuerlichen Anblick der schroffen Felsen, die Häuser oben so nah am Abgrund, das will ich in Bildern festhalten. Es ist gut, dass ich alleine den Weg dort unten hin mache, denn an einem umgebrochenen Holzzaun finde ich ein Warnschild mit dem Hinweis auf Steinschlaggefahr, sicher nicht zu Unrecht, wenn ich meinen Blick voraus schicke. Es sind kaum sechshundert Meter bis zu unserem Schiff zurück, aber vom Liegeplatz aus ahnt man nichts von dieser Abenteuer-Romantik, weil der Bergrücken der Südstadt dazwischen liegt.

Ein besonders markanter Brocken erinnert mich an Reisefilme mit ähnlichen Kalkformationen, wie amorphe Pilze auf einzelnen Füßen stehend, dicht überwachsen von einer reichen Vegetation, umschwirrt von exotischen Vögeln, deren Schreie man gellen zu hören glaubt, in der Bucht von Phang - Nga im Süden Thailands. Ich bin nie dort gewesen, aber das Internet macht imaginäre Reisen möglich, überall hin.

Es zieht mich unaufhaltsam am Ufer entlang in Richtung der Kalkssteinwand, über deren Oberkante die Häuser der Rue Doria hinabstarren, voll von Angst, wann sie die nächsten sein werden. Es ist nur eine Frage der Zeit. Diese Sorge begleitet auch mich auf dem Gang über groben Schotter, auf dem verrostete Nägel, Töpfe, ein Kühlschrank und Treibholz verstreut herumliegen. Verschiedene Gerüche, die ich nicht dem Meer und den Algen zuordnen kann, sind Fäkalien zuzuordnen, die den Häusern vorausgeeilt sind. Ekelhaft, aber ich will weiter. Die Treppe des Königs von Aragon sollte ich auf diesem Weg erreichen können. Dorthin muss ich einfach, egal wie und mit welchem Aufwand. Wir werden sie wohl auf unserer Insel - Umrundung an Backbord zu sehen bekommen, aber ich bin so nah dran, also weiter. Der Strandstreifen wird schmaler, ich drücke mich an der Wand entlang, springe über eine kleine Wasserzunge, die bis an den Fels heranreicht. Dahinter ist wieder mehr Platz. Der Blick nach oben zu den überhängenden, angstvoll hohen, ausgehöhlten Klippen lässt mich schwindeln, ich verstehe jetzt aber auch, woher die Fäkalien stammen. Völlig unbewohnt kann die Altstadt nicht sein. Die altbewährte Methode der mittelalterlichen Burgen. Einfach nach hinten und unten weg damit. Ganz ist die Zeit in dieser Hinsicht noch nicht vorbei, was die Art der Abfallbeseitigung mancher Zeitgenossen betrifft.

Das launische Meer links von mir ist heute gut aufgelegt, es plätschert friedlich an den rauhen Strand, umspült listig seine Spielkameraden, die gutmütigen, einbeinigen Riesen aus Kalziumkarbonat, die es heimlich, unentwegt ihrer Substanz beraubt, sie chemisch auffrisst, ohne sich heute seine unendliche, zeitlose, landschaftsformende Gier anmerken zu lassen. Das Meer schlüpft in die Rolle der weichen, der sanften, harmlosen See an einem friedvollen Tag wie diesem. Solange es dazu Lust hat. Ich weiss das, ich kenne den plötzlichen Wechsel seiner Stimmungen. Wir Menschen nennen das einen Wolf im Schafsfell.

Unter einzelnen vorspringenden Formationen gehe ich wie unter einem Dach weiter in westlicher Richtung. Immer wieder ein Blick nach oben, mal auf die Fläche einer Häuserwand, schwindelnd über dem Abgrund, mal auf die Felsfragmente, die, wie von Teufeln durcheinander gewürfelt, ihre Sedimentschichten kreuz und quer verkantet wiederfinden. Das alles war einmal Meeresboden, bis hinauf zu der Stadt, bevor es im großen Gedränge der Plattenverschiebungen hochgepresst wurde, um dann wieder der Erosion zum Opfer zufallen. Es ist der ewige Kreislauf, dessen Fortschreiten ich in einer kurzen, zufälligen Sekunde miterlebe.

Der Strandstreifen wird von einem der Kalkungetüme versperrt. Trocken komme ich hier nicht durch. Dann eben seitlich vorbei. Stiefel aus, Jeans hochgerollt und weiter. Das Wasser ist nicht tief, an den Knien wird die Hose nass, aber ich achte nicht darauf. Die Fußsohlen schmerzen auf den scharfen Kanten des Kalkgerölls, ich bemerke es nicht. Das Hindernis kann mich nicht stoppen. Als der Block hinter mir legt, ziehe ich aber doch die

Schuhe wieder über die nassen Füße und denke an Tinas Blase an der Ferse. Dann ist meine ganze Aufmerksamkeit auf die steil in die mächtige Klippe gehauene Rinne gerichtet, mit fünfundvierzig Grad steigt sie bis zur oberen Kante, auf das Niveau der Stadt. Da ist die Treppe, l'escalier du roi d' aragon.

Eine Minute später stehe ich an ihrem unteren Ende, oder an ihrem Anfang, je nachdem. Anfang, wenn ich vorhaben sollte, da hinauf zu klettern, einhundertsiebenundachtzig endlose Stufen (ein Spaziergang im Vergleich zu den siebenhundertachtundsechzig Stufen in die Turmspitze des Ulmer Münsters), und am Ende in der Vorstellung, ich sollte von der belagerten Stadt absteigen, um aus einem Höhlensee irgendwo hier unten Trinkwasser schöpfen, wie eine der verschiedenen Überlieferungen berichtet. Was für eine Leistung, das ganze Bauwerk aus dem Kalk zu meisseln. Durch die an der Außenseite mitlaufende Schutzmauer wirkt der Aufgang wie eine Röhre mit schmalem Schlitz, durch den Licht einfällt. Ich bin voller Bewunderung, kann mich aber nur dazu durchringen, die untersten Stufen zu betreten. Es geht atemberaubend aufwärts. Nach wenigen Minuten gebe ich auf. Lieber klettere ich auf die obere Saling unserer Hanse, als hier weiter zu gehen. Wirklich, das wäre wie ein Sprung auf die Bordsteinkante, im Vergleich hierzu. Ach ja, die Nock, das muss ich heute noch erledigen. Nachher mit Christian.

Niemand sonst lässt sich hier blicken, nicht zu dieser frühen Tageszeit. Die Menschenleere erhöht den Reiz des Ortes, dessen Abgeschiedenheit und geologische Besonderheit am Rande des Meeres eine schwer zu beschreibende Stimmung in mir auslöst. Ich komme mir verloren vor, wie verbannt auf einen anderen Planeten, und doch weiss ich meine Liebste nur eine halbe Stunde von mir weg. Als säße ich im obersten Basislager des Mount Everest und würde mit ihr telefonieren. Nähe und Ferne zugleich. Als das Gefühl der Einsamkeit wächst, mache ich mich ernüchtert auf den Rückweg.

ooo

Lilo sitzt an Deck, lässt die Beine über die Bordwand baumeln. Ich nicke ihr zu.
"Wo sind die andern?"
„Mittagessen einkaufen." Ihre Antwort kommt desinteressiert, nein, es ist müde, traurig, finde ich.
„Sagst du mir, was los ist?"
„Was soll schon los sein?"
„Dir geht's nicht gut, das sehe ich." Sie nimmt den Kopf hoch und sieht in meine Richtung.
Auch die Trägheit dieser Bewegung zeigt mir, dass ich richtig vermute. Etwas stimmt da nicht.
„Aber Lilo, bitte vertrau´ mir doch. Wir sind gerade ganz unter uns. Ist was mit Chris? Ich hatte gestern schon den Eindruck, in der Altstadt oben, Du weisst schon, die Sache mit der Strickjacke. Du hast von ihm auf so eine Geste der Zuwendung gehofft, nicht?"

Mein Direktangriff ist beabsichtigt. Ich will sie aufrütteln, zum sprechen bringen. Jetzt sieht sie mich direkt an, mit einem Ausdruck, der das ganze Elend eines Menschen verrät. Schlagartig überblicke ich die ganze Tragweite des

Problems. Es geht nicht nur um den gestrigen Abend. Auch die Sache mit dem Hotel, das ist Lilos Plan gewesen. Es hat mit Tinas Schwangerschaft zu tun. Ich bin mir jetzt ganz sicher. Lilo wünscht sich auch ein Kind, aber aus irgend einem Grund klappt es nicht mit den beiden. Irrwege der Seele. Der Grund dafür, uns in das Hotel zu schicken, war ein Versuch, sich in unsere Rolle zu versetzen, wir sollten an ihrer Stelle das tun, was ihr selbst nicht gegeben war. Eine psychische Stellvertretersituation, durch die sie sich eine Schwangerschaft einreden will. So weit kann das gehen? Oh mein Gott, das kann ich ihr nicht so ins Gesicht sagen. Das hält sie nicht aus. Noch nie hat sie darüber mit jemandem reden können, schon garnicht mit ihrem Mann. Sonst wäre sie nicht so verzweifelt. Das sehe ich ihr an.

Sie ist gerührt, daß ich so persönlich auf sie eingehe, daß ich ihre Verfassung richtig einschätze, daß ich sie darauf anspreche. Das kennt sie so nicht. Und das bringt sie dazu, über ihren Schatten zu springen. Sie öffnet sich, schüttet mir ihr Herz aus, schluchzt: "er ist zeugungsunfähig!" In diesem verzweifelten Satz liegt ihr ganzes, bedauernswertes Schicksal. Alles ist damit gesagt, ihre Wünsche, ihre Sehnsüchte, ihre Verzweiflung, Jahre der unerfüllten Hoffnung. Ich wage es nicht, sie, meiner ersten Regung folgend, in den Arm zu nehmen. Obwohl es genau das wäre, was ihr in diesem Augenblick helfen könnte. Meine Furcht ist zu groß, Tinas Verständnis für die Situation zu überfordern, falls sie gerade zurückkehren würde. Ich sehe ihr Gesicht, ihre großen Augen, den fassungslosen Gesichtsausdruck, Scham, Schrecken, Hilflosigkeit, dann Wut, Haß, Verachtung und abgrundtiefe Trauer. Ungeheurer Schmerz durchfährt mich bei der Vorstellung, ein Adrenalinstoß schießt brennend durch meine Adern. Unwillkürlich rücke ich etwas von Lilo ab, hoffe, daß sie es nicht bemerkt. Aber sie ist zu sehr in sich selbst gefangen, um auf mich zu achten. Der Ausbruch fordert ihre ganze Kraft, aber sie schafft es, sich wieder in ein Gleichgewicht zu bringen, ruhiger zu werden. Sogar ein kleines Lächeln hat sie für mich, Zeichen für ihre Dankbarkeit, einmal, kurz wenigstens, die Zügel locker lassen zu können und in der emotionalen Entkrampfung zu ahnen, was alles möglich wäre, abgesehen von dem einen, Unmöglichen.

ooo

Da sind sie schon, beladen mit Papiertüten, und springen an Deck, bringen das Schiff zum Schaukeln, lachen, dann Tina bei mir, mit mädchenhaftem Augenaufschlag, verführerisch, himmlisch. Ihr Glück tut mir weh, weil ich gerade aus dem Trauertal eines anderen Menschen auftauche. Meine Geliebte spürt es intuitiv, hält es aber für den Ausdruck von Trennungsschmerz und will nicht von mir lassen. „Pense à Propriano!", flüstert sie mir ins Ohr. Sie hat das Zauberwort gesagt und mich befreit. Ein flüchtiger Blick zu Lilo, die wieder zu ihrem gefassten Alltagsgesicht gefunden hat.

ooo

Keine besondere Reaktion der Crew auf meine Schilderung des aufregenden Strandganges. Ist meine Schilderung zu blass? Lässt sich das drohend gewaltige Schauspiel mit Worten überhaupt ausdrücken? Christian unterbricht mich: „Der Segelschneider hat mir fest versprochen, daß er unsere Genua mittags fertig hat und vorbei bringt."

Er ist enttäuscht, daß er den Versprechungen geglaubt hat.

„Das liegt aber nicht am Mittelmeer - Flair, mein Lieber. Das kennen wir doch alle! Was habt ihr gekauft?", versuche ich ihn abzulenken.

„Wir kochen heute ein ungarisches Paprikahuhn, à la Tina."

„Die beiden Ungeheuer haben noch die Füße dran, sieh mal!"

Tina will mir aber nicht die Vogelkrallen zeigen sondern ihre eigene Gänsehaut bei dem Gedanken, was ihr da bevorsteht.

„Das macht dann einer von uns Männern." Chris ist bereit dazu. Unglaublich, Tina geht zu ihm hin und drückt ihm einen Kuß auf die unrasierte Wange. Ich fasse es nicht. Nein, ich bin nicht eifersüchtig, schon garnicht nach dem, was ich gerade erfahren habe. Aber daß meine Tina einen anderen Mann auch nur berührt, das ist eine Seltenheit. Deshalb sage ich zu ihm :

"Glückwunsch, das war beinahe eine Premiere." Christian versteht nichts. Er denkt nur an das Essen. „Wieso denn beinahe, wir haben doch alles bekommen, Federvieh, ich meine die Hähnchen, vier rote Paprika, Zwiebeln, die Gewürze. Was denn noch?"

„Alles gut, laß´ uns nur anfangen. Du machst die Amputation, Doktor, ich assistiere dir gern. Tina hat mir beigebracht, wie man ein echtes cirke zubereitet. Mann, hab´ ich einen Hunger!"

Mein Ausflug hat schließlich Kalorien gekostet. Gut, daß ich nicht auch noch die Treppe ´rauf bin. Etwas anderes beschäftigt mich mehr. Irgendwann muss ich mit Christian reden. Es darf kein Geheimnis zwischen Lilo und mir darüber bleiben, was ich erfahren habe. Wegen der beiden nicht, aber auch wegen Tina und mir nicht. Sie würde es spüren mit ihren ungemein sensiblen Seelenantennen. Missverständnisse, Mißtrauen, Auseinander-Driften, das kann ich wirklich nicht gebrauchen. Vielleicht, wenn ich und Chris die Sache mit der Saling in Ordnung bringen, heute nachmittag. Ich nehme es mir ganz fest vor, auch wenn mir nicht wohl bei dem Gedanken ist.

ooo

Aus unserer Kombüse strömt ein Duft, den ich liebe, ebenso wie das dazugehörige Gericht. Lilo und Tina sitzen draußen in der Sonne und sprechen über irgend etwas miteinander. Sie scheinen sich gut zu verstehen. Umso besser, denke ich.

„Du, Robert, hör´ mal", Christian dämpft seine Stimme.
„Ja, was ist?"
„Vielleicht nicht der richtige Moment, aber ich möchte mit dir reden, nur ein paar Worte." Er rührt verlegen in dem großen Topf herum.
„Weißt du, meine Frau hat es nicht leicht, sie hat ein Problem." Er zögert.
„Also eigentlich bin ich das Problem. Lilo wünscht sich wahnsinnig ein Kind…"
„Wie weit seid ihr da unten, was ist denn das für eine Wirtschaft!" Gespielter Unmut an Deck, gefolgt von Ki-

chern und Gemurmel.

Lilos Kopf zeigt sich am Niedergang.

„Du, Robby ich habe Tina gebeichtet, daß es meine Idee war, euch ins Hotel zu schicken in Propriano. Weisst du auch, warum?"

„Sag´s mir". Was wird jetzt kommen, als zusätzliches Gewürz? Es kann doch nicht sein, daß sie ihre eigenen, unbewußten Motivationen aufgedeckt hat. Und sie ausgerechnet hier in die Kombüse hineinposaunen will.

„Ich wollte mal etwas Zeit mit Chris alleine haben. Und da dachte ich, euch könnte das auch guttun. Wo Tina doch sowieso schon schwanger ist. Was sollte denn noch passieren."

Ach, so versteht sie das? Das glaube ich ihr nicht. Oder besser gesagt, ich sehe das anders, meine eigene Interpretation steht mir da näher. Ich denke nochmal an Lilos bewegende Offenheit, bevor das Einkaufsteam zurückkehrte, und an die Eingebung, die mich ihre Situation in ihrer ganzen Tragweite verstehen lies. Sie weiss also noch immer nicht, was sie angetrieben hat. Sie ist der Wahrheit so nahe, aber den letzten Schluß hat sie nicht gezogen. Wie sollte sie auch. Verdrängungsvorgänge sind äußerst wirksame Schutzmechanismen, und sie funktionieren bei Lilo einwandfrei, das kann man aus ihrer Begründung ablesen.

Wie komme ich da nur wieder ´raus. Ich glaube, bei Christian habe ich einen besseren Ansatz. Was er zu der Sache gesagt hat, ist soweit richtig. Da muss ich versuchen, weiter zu kommen. „Zeugungsunfähig", das kann zweierlei bedeuten. Das weiss ich von meinem Freund

Paul. Der ist Arzt und hat mir einmal von einem Fall erzählt. Ein Mann war beschuldigt worden, er habe die Frau seines Nachbarn geschwängert. Durch ein Gutachten gelang es ihm nachzuweisen, dass er wegen einer in der Jugend abgelaufenen Keimdrüsenentzündung keine Kinder zeugen konnte. Den Prozess gewann er. Aber wie mochte ihm seine Frau erklärt haben, dass sie drei Kinder miteinander hatten? Da kam natürlich ein anderes Problem hinzu. Aber was ist mit Christian? Ist er auch in diesem Sinn zeugungsunfähig oder in einem anderen, der die Männlichkeit betrifft, wie das allgemein gesehen wird? Mich macht es betroffen, daß Potenz bestimmen soll, ob man ein guter oder ein minderwertiger Mann ist. Ich definiere die Bedeutung eines Menschen jedenfalls nicht nach diesem Kriterium, so wichtig es auch für die Erhaltung unserer Spezies ist. Jetzt rede ich schon wieder von mir. Was ist also mit Christian? Ich kann ihn nicht direkt fragen. Auf keinen Fall. Dieser Angriff auf seine Persönlichkeit wäre zu kränkend für ihn und steht mir überhaupt nicht zu. Es liegt außerhalb meiner Möglichkeiten, den beiden zu helfen, schließlich bin ich nicht ihr Psychiater. Das wenigstens ist mir klar geworden. Alle meine Erkenntnisse in dieser Geschichte sind rein akademisch, denn in der Praxis nützen sie nichts, vor allem den direkt Betroffenen nicht.

ooo

Das Paprikahuhn, besser gesagt beide Tiere, denn eines wäre zu wenig gewesen, sind schneller gegessen als zubereitet. Das spricht für die Köche ebenso wie für das Rezept. „Lasst uns das nochmal machen, bitte, in den nächsten Tagen." Die begleitenden Gespräche am Tisch reichlich, lebhaft, weniger schmackhaft. Alibi-Funktion, Ablenkung, etwas Ahnungslosigkeit, aber keinerlei Verlegenheit, pseudolocker. Eine Truppe begabter Schauspieler sitzt da beisammen. Kann ich es als Lügenkomplott von uns allen bezeichnen? Tina, denke ich, ist raus, denn sie hat am wenigsten Einblick in die psychologischen Abläufe innerhalb unserer kleinen Crew. Allerdings weiss ich nicht, was Lilo ihr erzählt hat, wie weit sie sich auch ihr gegenüber offenbart hat. Aber das wäre sowieso nicht die Realität gewesen, denn Lilo...

"He Robert, willst du noch was, kannst du noch?" Ich lehne mich zurück und wehre ab. Trotz meiner Gedankenarbeit habe ich die Mahlzeit nicht vergessen und ordentlich zugelangt. Daher fällt es nicht auf, daß ich geistig abwesend bin. Manchmal verfluche ich mein unentwegt aktives Gehirn, das nicht aufhören kann, Reaktionen, gruppendynamische Vorgänge und Verhaltensweisen der Menschen zu registrieren und ihre Bedeutung füreinander zu prüfen. Gesten als Ausdruck ihrer Körpersprache zu deuten. Es kann zu einer Manie werden, immer nach Sinn und Zusammenhang zu suchen und erleichtert dann nicht unbedingt das Zusammenleben.

ooo

Die Genua ist immer noch nicht wieder da.
„Chris, hilfst du mich nochmal in den Mast? Ich will das nochmal ordentlich machen, die Reparatur unterwegs war nur provisorisch, denke ich. Das ist mir aber zu unsicher.
„Dann nimm gleich ein Sortiment Schrauben mit, und

vergiss das Tape nicht!"

„Hab´ ich schon in der Tasche. Hoch geht's!" Damit schlinge ich mir ein Ende um die Hüfte und hake die Dirk ein.

„Du kannst ziehen, jetzt". Damit beginne ich, am Mast hochzuklettern und bin schnell an meinem luftigen Arbeitsplatz.

„Eine schöne Aussicht von hier oben", rufe ich runter.

„Du sollst arbeiten!", meint Chris, „wenn du nicht zu lange rummachst, könnten wir nachher alle noch einen Spaziergang den Hang rauf in Richtung Capo Pertusato machen, da gibt es eine Stelle, von der aus man die Festung sehen kann. Vielleicht wollen wir sogar baden."

„Mann, quassel nicht so viel, ich muss mich konzentrieren! Ist eigentlich die Kombüse fertig?"

„Ich glaub´ ja, die beiden sind schon die ganze Zeit unten."

„Frag´ doch mal nach, aber lass´ mich hier nicht sausen!"

„Wird gemacht, Captain." Er wendet sich halb um und ruft:

"Mädels, he Backschaft, wie weit seid ihr?"

„Gerade fertig, du Macho."Das war nicht Tina, sondern Lilo.

Ich wundere mich über ihren legeren Ausdruck. Wie mag ihn ihr Mann verstehen? Und wie war er gemeint? Christian bleibt stumm. Ich kann sein Gesicht nicht sehen, befürchte aber, dass er die negative Variante gewählt hat. Meine gute Stimmung ist getrübt, ich habe Mitleid mit ihm. Wie viele ähnliche Vorwürfe mag er stillschweigend eingesteckt haben, immer schuldbewusst wegen der einen „Sache". Daher vielleicht seine krumme Körperhaltung, die für ihn typische Schrägstellung des Kopfes, der Blick von unten, wie ein gedemütigter Hund. Wenn ich recht habe, in welcher Hölle leben die zwei miteinander! Es muss bitter sein, Tina und mich zusammen zu erleben, unsere Lebenslust, unsere Verliebtheit zu sehen, die Ungezwungenheit, mit der wir gewohnt sind, Zärtlichkeiten auszutauschen. Und, am schlimmsten, Tinas Schwangerschaft. Aber müssen wir deshalb unsere Art, miteinander umzugehen, verstecken? Wenn es so weit kommt, dann werde ich den Törn abbrechen. Tatsächlich, so weit würde ich dann gehen. Denn nichts ist mir so wichtig wie meine Liebste. Für sie bin ich gerne auch mal zu einer egoistischen Tat bereit. Abwehrhaltung. Verteidigung. Selbsterhaltungstrieb. Alles Vasallen meiner Liebe. Ich hoffe, dass ich sie nicht zu rufen brauche. Wie aber wollte ich das anstellen? Wir sind ohnehin schon fast um Korsika unten herum, also auf dem Rückweg. Das Ehepaar von Bord schicken? Unmöglich. Sie haben sich nichts zu Schulden kommen lassen, seemännisch gesehen. Und selbst das Schiff aufgeben? Undenkbar. Ich könnte mich nirgendwo, an keiner Küste mehr zeigen, ohne dass man sich verächtlich von mir abwenden würde. Mit Recht.

Mittwoch, 09. Mai

An Deck und unter Deck alles klar, Saling einsatzbereit, nur das Segel fehlt immer noch. Also heute kein Auslaufen mehr zu befürchten. Richtig, ich habe „befürchten" gesagt. Bonifacio und seine Umgebung sind so faszinierend, daß uns ein weiterer Tag sehr willkommen ist, auch wenn nur der Nachmittag bleibt.

Es gelingt, in einer erwartungsvollen Atmosphäre aufzubrechen. Wenn ich überlege, so ist nur meine eigene Verfassung beeinträchtigt, soweit ich das beurteilen kann. Nur in meinem eigenen Kopf existieren die zahllosen, entmutigenden Gedanken.

Zuerst besichtigen wir nochmals die nähere Umgebung des Hafens. Dann die Autostrasse hinter der südlichen Häuserreihe entlang, parallel zur Rue Doria, und zurück zur Festung. Wieder ergeben sich Einblicke in das Hinterhaus-Milieu, nicht eigentlich schön, aber stimmungsvoll. Durchblicke auf den Hafen. Später geht es den Fußweg hoch. Wir durchqueren den Ort und wenden uns dort, wo dieser die Fahrstraße kreuzt, nicht nach rechts, wieder zur Festung, sondern biegen nach links in Richtung der steilen Felsenküste ab. Von hier aus haben wir westwärts die Altstadt im Blickfeld, auch einen Teil der Brüstung, von der wir gestern in das Dunkel der Tiefe starrten.

Tinas Fuß ist ziemlich verheilt, die inzwischen getrockne-
te Blase schmerz kaum noch, sagt sie, und marschiert
tapfer mit.

Oben auf der Klippe führt uns der Weg an einer aus Na-
tursteinen aufgeschichteten Mauer vorbei. Hartes Gras in
den versandeten Fugen. Ein Durchlass ist durch einen
alten, verdrahteten Bettrost versperrt und provoziert gerade dadurch zum Betreten des dahinter liegenden
Grundstückes. Wir schlüpfen durch das improvisierte Git-
ter und finden uns in einem ganz von der Mauer um-
schlossenen, völlig verwilderten Garten wieder. Viele mir
unbekannte Arten von Sträuchern, Blumen und dichtem
Gebüsch. Feigenbäume mit noch grünen, kastaniengro-
ßen, knolligen Früchten, aus denen milchartig weisser,
bitterer Saft rinnt, wenn man sie anritzt. Auch Anzeichen
menschlichen Lebens finden sich. Eine aus rostigen
Blechteilen ungekonnt zusammengefügte Hütte, wie ein
direkt auf den Boden gesetztes Dach, kauert mit ihrer
Rückwand an einem Mauerteil, daneben ein aus unbe-
hauenen Steinen aufgeschichteter Backofen, innen
schwarz verbrannt, vorne mit von Ruß bedeckter Öffnung.
Nicht von Kindern auf einem Abenteuerplatz errichtet,
sondern einem Ausgestoßenen, einer von der sozialen
Ebene abgerutschten Kreatur als Behausung, als Le-
bensraum dienend. Wir finden einige Gegenstände, die
unsere Vermutung zu bestätigen scheinen, im Inneren
der Hütte, deren Zugang nur durch ein Stück Stoff verdeckt ist. Ein verdreckter Aschenbecher unmittelbar neben dem Türloch, dahinter ein zerlumptes Lager, mehrere
Metalltöpfe mit verrosteten Beulen, verschiednes Gerüm-
pel, das wir angeekelt nicht näher untersuchen wollen. Es

ist unvorstellbar, daß hier jemand vegetiert, und sei es nur in den gemäßigten Monaten. Dennoch offensichtlich die Sommerresidenz eines Clochards, herrschaftlich im Vergleich zu einem windigen Platz unter einer Großstadt-Brücke, so oder so unwürdig für einen Menschen, aus meiner Sicht. Ist es ein Wunder, daß ich an Rheuma-Mike denken muß?

Der Ausblick von der Umgrenzungsmauer des Terrains ist allerdings beneidenswert. In der heute durch starken Wind entfremdeten südlichen Sonne gelegen, schenkt dieser Platz nach Norden einen Blick über die Schiffe im Hafen, auf die gelb - ockerfarbenen Ziegeldächer der Häuser an der Uferstrasse, eine geradezu liebliche Perspektive. Nach Süden bietet sich uns das Meer dar, die Straße von Bonifacio.

Die See zeigt sich heute rau, die auch hier oben spürbaren Luftbewegungen fegen als harter Nordwest die Klippen hoch, Schaumkronen von den Wellenrücken reissend. Es wird nicht leicht sein, die Passage südlich von Bonifacio nach Osten zu queren. Während schon die Steilfelsen vor der Hafeneinfahrt seinen Gefährten zum Verhängnis wurden, so lesen wir in den antiken Texten, schaffte es Odysseus, sich zu retten, indem er den todbringenden Steinwürfen der gigantischen Laistyrgonen entging. Die Passage hat in unserer Zeit nichts an Gefährlichkeit eingebüsst, nicht bei schwerem Wetter.

ooo

Am Abend, gegen sieben, nehmen wir schließlich unser Segel in Empfang. Wir entrollen das dicke Paket auf der Kaimauer, um die Reparatur zu begutachten. Ein breiter Streifen Tuch wurde sorgfältig mit zwei Parallelnähten über den Riss gesteppt. Mehrere kleinere Defekte sind ebenfalls beseitigt. Es ist eine gute Arbeit, wir sind uns einig. Über den Preis dürfen wir uns daher nicht beklagen. Zweihundertneunzig französische Franc müssen wir hinblättern. Das ist zu verkraften. Segeln kostet Geld. Nachlässige Arbeit für den halben Preis, damit wäre uns nicht geholfen.

Der Wetterbericht eröffnet weiter zunehmenden Starkwind aus Nordost. Donnerwetter. Gegen sieben Beaufort kämpfen, und das in der Straße von Bonifacio, das wollen wir uns nicht antun. Jeder erfahrene Segler weiss, daß dort durch einen Düseneffekt einige Windstärken dazu kommen können. Sardinien nur fünf Meilen entfernt.

„Nein, das sollten wir nicht tun!", stimme ich die Mannschaft ein, „lieber noch einen Tag abwarten."
„Wir sind dabei", alle nicken mir zu.
„Mieten wir uns doch morgen ein Auto, wir könnten über die Insel kutschieren."
Ja, zur Piscia Di Ghjaddu, das ist ein riesig hoher Wasserfall, nur sechzig Kilometer entfernt, das ist doch keine Strecke!", schlägt Christian vor.
„Und Bergdörfer besuchen!", wünscht sich Lilo.
„Und du, Tina?
„Ich will mit meinem Robert zusammen auf den Rücksitz und die Landschaft ansehen."

Meine süsse Tina. Manchmal ist sie so anrührend kind-
lich. Ich möchte sie umarmen, lasse es aber, und ärgere
mich im gleichen Augenblick über mich selbst. Genau das
habe ich vermeiden wollen, manipuliertes Verhalten. Wie
werde ich diesen Zwang nur wieder los.
„Du Hampelmann, du elende Marionette!", beschimpfe ich
mich tonlos. Diesmal gelingt mir ein Pokergesicht. Niemand, der etwas bemerkt. Auch Tina nicht. Will was
heissen. Ich kann mir aber mit verkneifen, zu sagen:
„Du hast recht, das ist die beste Idee."
Darüber ärgere ich mich dann gleich wieder genauso,
denn damit will ich meine Feigheit kompensieren, und
das ist genau so unfrei. Unkontrollierbare Selbstbeobach-
tung kann zu einer schweren Verhaltensstörung führen.
Pass´ auf dich auf, Robert, du bist schon auf dem Weg!

Immerhin, wir haben einen gemeinsam akzeptierten Plan
für heute. Das ist für mich die Hauptsache. Nichts
schlimmer als eine maulende Crew, die in Langeweile
einen Hafentag vertrödeln soll.

Donnerstag, 10. Mai

Gleich am Morgen macht sich Chris, unser Ortskundiger, auf den Weg. Mit einem Renault, der von dem Obdachlosen - Anwesen stammen könnte, rattert er bald wieder die Straße herunter und parkt direkt am Heck der Hanseatica. Tolles Reklameschild. Das wäre in Propriano das passende Fahrzeug gewesen, passend zu dem Lumpensammler-Image.

Das Batteriekabel ist lose. Zwei, drei Umdrehungen der Mutter mit dem Elfer Gabelschlüssel, der Motor springt an. Lilo, als erste am Steuer, gibt einige Stöße Gas, alles rund. Chris neben ihr, Tina und ich, wie vorgesehen, auf der schmalen Rückbank. Wir lieben es. Körpernähe, unauffälliges Kuscheln, ganz spontan, Beieinander-Sein, ganz nah. Wunderbar erregend und vertraut. Fahrt nur, wohin ihr wollt. Wir sind schon da, wo wir sein wollen. Die Zwei auf den Vordersitzen machen ihre Arbeit gut auf den nicht immer einfachen Straßen. Weniger bezüglich der Orientierung als vielmehr bei der Suche und Umfahrung von Schlaglöchern. Mangelnde Aufmerksamkeit führt schnell zum erzwungenen Abbruch einer Autoreise hier auf Korsika. Pannendienst? Lautes Lachen. Abschleppen? Bestenfalls mit einem langohrigen, womöglich störrischen Esel vorne dran.

Es geht tatsächlich auf eine Trans - Korsika - Ralley. Das Hauptreiseziel ist schon besprochen, wir wollen zu dem wild - romantischen Wasserfall, dem wir einige kulturhistorische Stätten an der Strecke opfern. Glücklicherweise ticken wir da alle ähnlich. Wir nehmen die Straße hinter den Uferhäusern hoch, die ich schon zu Fuß auf meinem Fototrip gegangen bin. „Da geht's aber nur zur Festung", informiere ich das vordere Team. Also Wenden an der Stelle, wo der Fußweg die Straße kreuzt. Die Strasse ist hier eng und abschüssig. Lilo arbeitet schwer. Tina macht mich auf eine Frau aufmerksam, die oberhalb von zahlreichen Treppenstufen auf einer Mauer sitzt. Steinalt, schwarz in schwarz gekleidet, Kopftuch, auch schwarz.

„Ist sie tot?", fragt mich Tina. „Sie bewegt sich garnicht."
„Ich glaub´ schon, die hat da gestern schon genau so gesessen, ich hab´ ein Foto gemacht. Habt ihr das nicht bemerkt?"
„Das meinst du nicht wirklich, oder?"
"Nein, nicht so tot, wie du meinst, Schatz."
„Wie denn dann?"
„Na, geistig tot, seelisch tot, das geht hier ganz schnell, wenn man alt und allein ist."
„Die passt gut in die Altstadt, weisst du noch bei unserer Ankunft abends?"
„Eine Idealbesetzung, du hast recht. Das Stück heisst: Königin der Rue Doria."
„Ach du Spinner", sagt sie, und wieder einmal zaubert sie ein hinreissendes Lächeln auf ihre Lippen, ihren Mund und in die Augen, die in mich hineinsehen, als wäre ich ein Bilderbuch.

ooo

Der Kühler des Renault zeigt jetzt in die richtige Richtung, es kann definitiv losgehen. Auch ohne Startschuss. Auf eine Fehlzündung verzichten wir gerne. Wir müssen in das Gebiet der forêt de l' Ospedale, nördlich von Porto - Vecchio. Unterwegs Unsicherheit. Halten an einem Bachlauf, Suchen nach dem Wasserfall. Nichts zu sehen, nichts zu hören.

„Wie heisst das Ding nochmal?", frage ich schließlich. „Piscia di Gallo!", buchstabiert Chris. Ich habe den Eindruck, er will es nicht flüssig aussprechen, damit ich es nicht genau verstehen kann. Ich ahne auch, warum. Ein italienischer Begriff, den auch ich nicht laut aussprechen möchte. Das weiss ich aus meinem Reiseführer, der kein Blatt vor den Mund hält, auch wenn es um prekäre, nicht gesellschaftsfähige Ausdrücke geht. Ein Gelächter wäre es geworden, aber ich will das nicht. Ich sage nur: „Ah, dann müssen wir noch ein Stück weiter, von L´Ospedale, wo wir gerade waren, auf der D - dreihundertachtundsechzig weiter in Richtung Zonza, steht hier. Rechts am See vorbei. An dessen Nordufer kommt dann ein Staudamm. Und dann noch einen Kilometer. Da stehen sicher Schilder. Komm´, mach los, weiter!"

Rechts, in einer Linkskurve, ein Naturparkplatz, klingt schön. Gemeint ist nur, dass er nicht befestigt ist. Heute bleibt es wohl trocken. Aber bei Regen wird's schön schlammig. Pinienbäume. Harzduft, Rauschen des Windes in den hohen Kronen.
„Wir müssen wieder zweihundert Meter zurück, habt ihr das Schild rechts neben der Straße gesehen? Da soll ein

Weg nach links reingehen, ein Forstweg mit einer Schranke und dem Hinweis PISCIA."

Fünf Minuten, nichts. zehn Minuten. Endlich ein Bachbett. Über einen quer darüber liegenden Baumstamm kommen wir auf das andere Ufer hinüber, kein Abgleiten, kein Sturz, kein unfreiwilliges Bad. Sehr geeignete Location für ein Gruppenfoto. Nur nicht hinten anlehnen wollen! Auf der anderen Seite beginnen kleine Steinmännchen eine eher weglose Spur auf Stein zu markieren. Von hier aus sollen es noch fünfundzwanzig Minuten zu gehen sein. Tinas Gang fällt mir auf.
„Die Blase wieder?", frage ich leise.
„Ja, das blöde Ding ist wieder wund. Aber ich schaff´ das, bestimmt!"

Gefällt mir garnicht. Aber hin oder zurück, das ist jetzt egal. Also gehen wir langsam weiter. Einen zwei - Mann - großen, auffälligen Wackelstein ernennen wir zum Sammelpunkt, falls jemand von der Gruppe getrennt wird. Aus der Schlucht, in die der Wasserfall hinabstürzt, kann plötzlich dichter Nebel hochquellen. Aber so weit sind wir noch nicht. Auf dem felsigen Grund haben wir mit unseren Wanderschuhen keine Sorgen, abgesehen von Tinas Fuß. Hinter dem Stein windet sich der Steinmännchen-Pfad steil nach rechts bergab. Jetzt kommt uns ein Rauschen entgegen, ganz anders als das in den Pinien, härter, voller. Alles ist genau so, wie es der Wanderführer beschrieben hat. Beruhigend. Im Gänsemarsch folgen wir vertrauensvoll den Männchen. Noch ein diesmal hausgroßer Felsbrocken, unter sich eine Höhle bildend. Wir hätten alle darin Platz. Natur-Schutzraum bei plötzlichem

Unwetter, kann in bergigen Gegenden immer vorkommen. Sonst ist hier ja nichts. Der Weg wird immer steiler, wir müssen die Hände zu Hilfe nehmen, um nicht abzurutschen und in den Abgrund zu stürzen. Wenige Baumstämme krallen sich in die felsige Wand. Das ist kein Weg mehr, es ist das zur Zeit leere Bett eines Sturzbaches. Gut dreißig Meter geht es in feuchter, kühler Luft durch dicht bewachsene Wildnis. Zottiges Moos und Trichterfarn mit zu langen Wedeln geformten Blättern vor allem. Totaler Alpenlook. Wir landen auf einer kleinen Terrasse, die von einem Baum mit seinem dem Hang zugewandten Wurzelkonvolut gebildet wird. Wenig Platz für unser Glückskleeblatt, aber freudig begrüßt für eine Rast. Meine duldsame Frau! Rechts können wir einen Blick auf die Wassermassen werfen, die sich aus einer Höhe von fünfzig Metern an uns vorbei spritzend über Felsen abwärts stürzen. Das Rauschen ist zu einem Tosen angeschwollen, das eine akustische Verständigung erschwert. Das unterste Ende ahnen wir in der Tiefe vor unseren Füßen. Sollen wir noch weiter? Tina erfasst sofort die Situation, sie kennt die Sehnsucht, die in mir hochsteigt, wenn auch in anderem Zusammenhang. "Geh´ nur, Liebster, und komm´ schnell wieder zu mir rauf. Weiß sie, was für ein Geschenk sie mir damit macht? Ich würde stillschweigend bei ihr bleiben, wenn sie geschwiegen hätte. „Kommt noch jemand mit?" Eine rhetorische Frage. Wie bei der Salingsbesteigung. Lilo antwortet garnicht, Chris schüttelt den Kopf. Er hat den Arm um die Schulter seiner Frau gelegt, zum ersten mal sehe ich sie so vertraut und eng beieinander stehen und wünsche mir, wünsche ihnen, daß es nicht nur eine Schutzmaßnahme von ihm ist, auf dem engen Plateau. Aus ihren Gesichtern kann ich nichts ablesen.

Kühle, düstere Luft weht mir aus dem Abgrund entgegen, in den ich absteige. Dem besonderen Biotop entsprechend, wächst hier urtümliches, niederes, gefiedertes Farnkraut, auch Bärlapp entdecke ich auf kleinen Felsstufen. Fremde Krautpflanzen, ganz anders als weiter oben. Unglaublich, wie feucht und nass es in dieser Hölle ist. In der Hölle sei es heiß? Ich habe eine Menge Menschen kennengelernt, die dort hingehören, aber keinen, der zurückgekehrt und die dortige Temperatur mitgeteilt hätte. Auch gibt es grüne Höllen, voll mit tausenden von kleinen Teufelchen, die zwicken, stechen und beissen können, in denen es zwar schwül, aber auch nicht kochend heiss sein soll. Warum dann nicht auch eine dunkle, feuchte, kühle Hölle. Schrecken hat viele Gesichter. Hier ist es die Urzeit - Atmosphäre, die bedrücken kann. Einem Dinosaurier zu begegnen, hätte mich nicht überrascht! Am Rande eines winzigen, blaugrün leuchtenden, von Fels umgebenen Sees, treffe ich, wie schon weiter oben, auf das zierliche, kleinblütige Alpenveilchen. Es ist ein Wunder, wie diese Pflanze es schafft, in der Dämmerung des Abgrundes Knospen zu bilden und sie erblühen zu lassen. Ich nehme noch einmal den magischen Anblick der donnernd herabstürzenden Kaskade in mich auf, die, nur wenige Schritte von mir entfernt, am gegenüberliegenden Ufer des Sees aufschlägt, seit vielleicht hunderttausend Jahren. Feines Sprühwasser überzieht mich, Hände und Gesicht, auch die ganze Kleidung werden nach und nach durchfeuchtet.

Der Rückweg zu der Plattform ist mühselig, es gibt keinen Weg. Glatte Lehmflächen, moosig - rutschige Felsstücke, und der teilweise fast senkrechte Anstieg fordern mich heraus. Meine nassen Hände werden klamm. Es wird immer schwieriger, mich an Vorsprüngen und Wurzeln festzuhalten und aufwärts zu ziehen. Auf was habe ich mich da nur wieder eingelassen. Abwärts ging es leichter, entsprechend der Schwerkraft. Jetzt muss ich mein ganzes Körpergewicht hochwuchten. Dunst beginnt aus einem schmalen Seitental zu mir herüber zu steigen, einzelne Wolkenfetzen schweben an mir vorbei. Es wird Zeit. Schnell kann alles in fahlem, undurchdringlichem Nebel versinken. Ein letzter Tritt, und ich gleite schwer atmend auf die Wurzeln, von meiner Crew mit Jubel empfangen.

„Was hast du gesehen, da unten?" Drei Stimmen zugleich.
„Alles, eine Flora zum Träumen für jeden Biologen!
„Und du hast mir nichts mitgebracht?" Tina spielt mit mir.
„Du hast vergessen, dass wir in einem Naturschutzgebiet sind, nicht?"
„Natürlich nicht, du weisst doch, ich mache nur Spaß."
„Ja, sicher." Ich höre kaum zu und ringe nach Luft.

Noch einige Male durchatmen, dann bin ich bereit, mit aufzubrechen. Länger dürfen wir auch nicht warten.Wie in einem Traum entzieht sich die bizarre Landschaft unaufhaltsam unseren Blicken. Es bleibt eine milchige Wand, die man meint, mit den Händen greifen zu können. Unmittelbar vor mir schemenhaft veränderte Zweige des niedrigen Buschwaldes, ein Fels, Lilo und Christian vorne, Tina fest an meine Hand geklammert. Das Geräusch des

Wasserfalles ist längst im Nebel stecken geblieben. Trotz der schlechten Sicht versuche ich einige Fotos zu machen. Sinnloses Unternehmen. Es geht weiter durch ein Pinienwäldchen, das ich auf dem Hinweg nicht bemerkt hatte. Hoffentlich sind wir noch auf dem rechten Weg. Mannsgroße Heidesträucher, voll mit Blüten, auch fremd. Aber   Steinmännchen lügen nicht. Hoffentlich. Unheimlichkeit. Stumpfe Stille. Seltsam, im Nebel zu wandern...

Aufstieg entlang der Steinzeichen, die jetzt weniger lustig als sicherheitsrelevant erscheinen. Wir können es nicht glauben, bei dem großen Fels am Rand des Pfades kommt uns ein Paar entgegen. Flüchtiges Begrüßen, als wir an einander vorbei gehen. Sie trägt ein geblümtes, weisses Sommerkleid und offene Sandalen, an den Füßen des Mannes fallen mir feste   Stiefel auf. Jeans, Jackett. Unsere warnenden Hinweise missachtet er, zieht die junge Frau mit den langen, schwarzen Haaren hastig weiter. „Reden´s ´s doch kaan Schmäh!"

Schnell verschluckt der wattedichte Nebel ihre Stimmen. Was wollen die noch sehen? Wenn das nur gut geht. Lebensgefährlich, was sie vorhaben. Bei einer Sicht von inzwischen nur noch wenigen Metern könnten sie in den Abgrund stürzen.

„Bleib´ bei mir", sage ich zu Tina, aus Sorge, sie könne wegen ihrer Fußschmerzen zurückbleiben. Sie denkt, ich fürchte, von ihr verlassen zu werden, drückt sich fester an mich, um mir zu zeigen, dass sie mich niemals verlassen würde. Rührende Geste. Beschützerinstinkt von uns beiden.

Nach der Überquerung des Bachbettes machen wir eine kleine Pause. Die Sicht wechselt, ab und zu winken uns ein paar Baumkronen zu, dann fällt wieder das bleiche Tuch über unseren Weg. Wie lange gehen wir? Die Zeit wirkt wie stehen geblieben, meine Uhr habe ich nicht gefragt. Der letzte Teil der Strecke bis zum Parkplatz fällt Tina und mir schwer. Die wunde Stelle der Blase ist wieder aufgerieben, und ich habe mich bei meiner Kletterei übernommen. Schweigend halten wir durch.

ooo

Glockenberge, Felsburgen, Blockmeere und Wackelsteine sind Wahrzeichen dieser Region. Wir sind nur an zwei der Felsgiganten vorbeigekommen. Den eigentlichen Star, den Uomo di Cagna, besuchen wir nicht. Er erhebt sich, etwa zwanzig Kilometer westlich von Porto - Vecchio, am südlichen Ende eines langen Bergrückens, der nicht weit von unserem Wasserfall entfernt anzusteigen beginnt, auf einem Vorsprung, wo wir ihn gleich nach dem Passieren der Felsmönche hätten ausmachen können, bei guter Sicht. Es ist eine große Schleife nach Guanuccio, dann noch eine Strecke von zehn Kilometern, drei Stunden streng bergauf, und das zu Fuß, das kommt bei unserer angeschlagenen Kondition schon garnicht in Frage. „Schwere Bergtour", lese ich im Reiseführer, und: „fünfundzwanzig Tonnen Granit auf einer Standfläche von nur acht Quadratzentimetern", das ist unglaublich. Ob es stimmt, wer das gemessen hat, keine Ahnung. Auch wenn es die Fläche einer Hand wäre, immer noch unvorstellbar. Nur sein Gewicht schützt ihn davor, durch eine kräftige

Windbö von seinem Platz gestoßen zu werden und den Hang abwärts zu rollen.

Auf dem Weg liegende torreanische Festungen wie Tappe, Arragiu oder Torre:
„Ach ne, weiter!"
Cucurruzu, eine vorzeitliche Burg, oder was davon übrig geblieben ist:
„Keine Lust!". Die Assoziation zu cucaracha weckt keine Sehnsucht.

Aber einen Abstecher zum Code la Bavella wollen wir uns nicht entgehen lassen, trotz immer noch starker Nebelei. Christian war schon zwei mal dort, sagt er, die Gegend sei sehr schön. Auch im Nebel? Aber bitte, wir machen es. Wie zu erwarten, sehen wir dann nichts. Auf der Rückfahrt von dort, auf der Strasse von Solenzara nach Zonza, mache ich zwei Fotos nach hinten. Eine Nebelzunge, die wie ein Gletscher über den Bergsattel kriecht. Fünfundzwanzig Kilometer, und nur die wenigen Fotos als Gewinn? Ideell gesehen, na ja. Also nach Zonza jetzt. Der Angestellte des Hafenmeisters in Bonifacio hat uns ein Lokal empfohlen. Erinnerungen an das Spitzenlokal in Portoferraio werden wach.

DIe Hübsche auf der Rückbank ist eingeschlafen. Ihr Kopf lehnt an meiner Schulter, meine Hand völlig von ihren Fingern gefangen. Was mag sie erleben in dieser Sekunde, wohin reist sie in diesem Augenblick? Ihre Augäpfel liegen ganz still und unbeweglich hinter den Lidern. Nicht einmal ihre langen, geschwungenen Wimpern zittern. Kein Abenteuer also, keine wilde Jagd, keine Aufregung, keine Angst. Das macht auch mich ruhig, den Wächter ihrer Träume. Glück kann auch so aussehen, denke ich. Was könnte noch schöner sein als dieses friedvolle Beieinander-Sitzen, völlig gelöst, den geliebten Menschen geborgen wissen und seiner Zuneigung sicher sein. Von hormonellen Gewittern einmal abgesehen.

ooo

Das Geschaukel über die korsischen Nebenstrassen ermüdet auch mich ein wenig. Gerade recht kommt der Halt in einem kleinen, aus diffus verteilten Häusern in der landesüblichen Bauweise zusammengewürfelten Ort. Wir parken auf der rechten Seite der Durchgangsstrasse vor einem einladend aussehenden Restaurantgebäude. Gediegene Bauweise, erfreulich professioneller Renovierungszustand. Große, zur Strasse hin orientierte Fenster erlauben den Blick ins Innere. Liebevoll gedeckte Tische, die Wände voller Ölgemälde, farblich akzeptabel. Mehr möchte ich dazu von draussen noch nicht sagen.

„Mein Schatz, wach´ auf. Es gibt was zu essen!", flüstere ich Tina ins Ohr. Ihre Augen öffnen sich langsam, wenden sich mir zu, ein Lächeln, als sie mich erkennt, streckt die Arme wie eine Katze in der Sonne.
„Ich hab´ so einen Hunger."
„Ja, dann komm´."

Wir nehmen Platz, bestellen alle das gleiche Menü und werden nicht enttäuscht. Viel Fleisch diesmal, goldene Pommes. Rotwein, natürlich nicht für die Fahrer. Lähmende Hypotonie nach dem Essen. Gedankenträgheit.

Die Gemälde verlieren, aus der Nähe betrachtet, ihren Charme. Kennen wir das nicht auch von Menschen? Korsische Landschaften, sehr entfernt an Cézanne erinnernd, wenn man die expressionistische Sprache der Darstellung unterstellen will. Auch ein Porträt, unkommentierbar, mehrere Aquarelle. Das Werk eines unbekannten, mittelmäßigen Meisters, höchstens regional von Bedeutung. Aber eine akzeptable Dekoration des Lokals, die eine wohnliche und kultivierte Ausstrahlung hat. Ein gedruckter Aushang spricht von subtiler Empfindung des transparent - illusionären Naturerlebens und - so - weiter. Jedes Bild trägt eine Nummer, rechts unten auf den Rahmen geklebt. Verkauf angestrebt. Kauf erwünscht. Nachbarlicher Neid zuhause. Repräsentative Weihnachtsgeschenke. Die Kritikfähigkeit schläft. Tolles Andenken an den herrlichen Tag in - „wie hiess der Ort nochmal, Alfons?" Im Dutzend vielleicht ein Preisnachlass? Blondie neben mir mit den wirren Haaren würde sich schief lachen, wenn sie meine Gedanken lesen könnte. Und Vorsicht, ich glaube, sie kann es. Wäre aber nicht schlimm, diesmal. Ich habe es gern, wenn sie lacht. Ich wünsche mir so, daß unser Kind ihr Lachen erben wird. Unser Kind. Warum dauert das nur so lange, Mama? Nach dem Essen. Tische am Straßenrand. Lackiertes Holz, vom bergnahen Klima strapaziert. Kleinfüssige Klappstühle, Umkippgefahr.

Deux cafés noirs, deux cappúccini, s´il vous plaît. Die milde Nachmittagssonne verführt zum Faulenzen. Bilderkauf ausgeschlossen. Der Vormittagsnebel hat sich längst verzogen.

Draussen, auf der anderen Straßenseite, kämpft ein junger Mann mit einem Motorrad. Er hat einen großen, roten Helm auf und versucht, auf den Sattel zu kommen. Der Seitenständer ist schon eingeklappt, und er hat Mühe, die schwere Maschine gerade zu halten. Sein Freund ist älter, steht am Straßenrand und gibt Kommentare ab, die aber nicht helfen. Endlich hat der eine das Motorrad zwischen den Beinen. „Le démarreur!" schreit der andere, den Anlasser soll er treten. So ein altes Ding ist das noch, keine ausgereifte Elektrik. Damit erreicht er aber nichts, ausser, daß sein Freund das Fahrzeug auf die rechte Seite legt und hilflos daneben stehen bleibt. Wenigstens hat er sich nicht dazugelegt. Zu zweit kanten sie die hundertfünfzig Kilo Eisen wieder hoch. Ich kann erst jetzt am Tank lesen: „De Dion - Buton". Ist mir unbekannt, aber das Ding muss fünfzig Jahre alt sein, mindestens. Das sagt nicht nur die sparsame Technik, auch der äußere Zustand spricht eine eindeutige Sprache. Der Fahrwillige sitzt wieder obenauf, hält sich am Lenker fest. Der andere legt ihm seinen rechten Arm auf die Schulter, um sich abzustützen und klappt mit dem Fuß den Anlassbügel heraus, gibt eine Anweisung an den Jungen. Gefummel an den Hebeln. Wahrscheinlich soll der Schocker heraus. Dann tritt er kräftig nach unten, und der Motor brüllt auf. „L´accélérateur, l´accélérateur!" Wieder schreit er, diesmal muss er den Motor übertönen. Auspuffqualm, Lärm klingt wieder ab. Ich denke, das wird schief gehen. Wenn er jetzt einen Gang reinkriegt, geht er ab wie eine Rakete, und wir sehen ihn nicht wieder.

Tina und Lilo sind in ein Gespräch vertieft, Schuhe? Handtaschen? Irgendwas mit Leder, soviel ich mitbekomme. Sie nehmen nicht Teil an dem Drama auf der Straße. Aber Christian ist ebenso fasziniert wie ich. Wir sehen uns an und brechen in ein Gelächter aus, das uns keine Ehre macht. Es ist aber zu komisch. Zum Glück werden wir nicht beachtet. Jetzt steht die Buton wieder sicher auf ihrem Seitenständer. Hitze verbreitende Sonne. Es ist kurz nach Mittag. Schwarze Schatten verstecken sich schamhaft unter den Körpern der Männer, unsicher, wie das Schauspiel uns Zuschauern in den ersten Rängen gefallen wird. Die beiden sind mit den Armaturen beschäftigt, vielleicht geht es um eine Tacho - Manipulation, denn ihre Stimmen werden lauter, aufgeregter, der Sprachfluss beschleunigt sich, aber dann klopfen sie sich gegenseitig auf die Schulter, alles scheint gut. Tatsächlich, der Jüngere holt ein Bündel Geldscheine aus seiner zünftigen Lederjacke, eigenartig große Lappen sind das. Etwa noch alte Francs? Sein Freund, wenn er einer ist, zählt und nickt. Dann steckt er das Geld in die Hosentasche, dreht sich um und geht. Was soll jetzt werden. Ich kann es nicht glauben, aber der neue Eigentümer steigt wieder auf, kickt den Motor an wie ein Profi, klack, der Ständer ist oben, der Gang schlägt ins Getriebe. Der Auspuff spuckt blaue Wolken aus, die zu uns herüber treiben. Der Geruch weckt Erinnerungen an mein erstes Moped. Mit beiden Beinen schiebt er sich vorwärts wie auf einer Draisine, dann ruckelt seine neue, alte Maschine und zieht dann los, schneller, als dem Rider wohl lieb ist. Beide verschwinden nach links aus meinem Gesichtsfeld. Ich warte auf ein Geräusch, ein metallisches Schleifen vielleicht, oder ein Klirren, aber es kommt nichts. Chris und ich reichen uns die Hände, als hätten wir das

Geschäft gemacht und verzichten auf zwei neue Rouges. Flüchtig kommt mir der Verdacht, das Ganze könnte eine Inszenierung gewesen sein, Laienschauspiel für die Besucher des Ortes. Die Damen bevorzugen einen Tee. Wie sie ausgerechnet darauf kommen, weiss ich nicht. Die Quellwolken haben sich verzogen, der Benzinduft hängt noch in der Luft. Mein Blick geht nochmals nach links, wo der Junge mit seiner Buton verschwand. An der Ecke steht ein graues Haus, zwei Etagen hoch, mit welligen Ziegeln gedeckt., Vor dem Haus führen drei Stufen zum erhöhten Erdgeschoss. Der steinerne Türrahmen ist weiss gestrichen und erinnert mich an einen hochgekanteten Sarg. Von dort führt eine steile Treppe aus Holz schräg hoch zu dem oberen Stockwerk. Erinnerung an die Königstreppe, im Prinzip. Geschlossene, gerippte Klappläden, grau wie die ganze Fassade, eigentlich wie die Strasse und der ganze Ort. Unten sind sie aus Metall. Das Ganze sieht unbewohnt aus, auch wenn das übliche Schild fehlt, das auf Korsika keinen Seltenheitswert besitzt: À VENDRE.

Auf den unteren Stufen sitzen drei alte Männer, auch das keine Seltenheit hier auf der Insel. Zwei tragen flache Mützen, der dritte hat eine runde Glatze am Hinterkopf, wie eine Mönchstonsur. Sie sitzen da, keine Unterhaltung, soweit ich sehen kann. Schweigen sich an. Haben sich schon unendlich oft immer das gleiche gesagt. Was bleibt da noch. Vielleicht der Motorradverkauf? Die zwei mit den Kopfbedeckungen sehen während der ganzen Zeit in die andere Richtung, der mit der Glatze ist vielleicht kurzsichtig und sehschwach. Wahrscheinlicher ist, dass sie alle drei kein Interesse mehr haben, an nichts, an niemandem. Trostlose Schicksale in einer Urlaubswelt, an der sie nicht teilhaben können. Hier geschieht nicht viel an einem Tag, jedenfalls nicht, solange die Touristenströme fehlen. Das wird dann auch wieder keine Freude auslösen. Für mich ist diese Szenerie in Grau ein Erlebnis, das sich mit unserem Besuch in Zonza verbindet und diesen Tag, so widersinnig es klingt, durch seine ausdrucksstarke Darstellung des lebenden Todes am frühen Nachmittag Farbe gegeben hat.

ooo

Schliesslich raffen wir uns auf, schieben die Trägheit beiseite, die nach dem Essen und dem Weingenuss der Nicht - Fahrer über uns gekommen ist und verlassen Zonza. Aber nur, um einige Kilometer weiter nochmals anzuhalten. Eine kleine Siedlung, vor dem Ort eine kleine Kirche auf der linken Seite.

„Wollt ihr da etwa rein?",frage ich. Oder was wollen wir sonst hier? Mehrere Gräber, in Gruppen verteilt, zum Teil mit Steinmauern umfriedet, andere direkt am Strassenrand. Dort parken wir. Weiter in Richtung der ersten Häuser ein kleiner Friedhof. Über eine Mauer ragen die Enden von Kreuzen und Dächer kleiner Kapellen. Chris, unser unermüdlicher Fahrer, ist inzwischen doch etwas müde. An einem Hang, dreissig Meter von der Strasse entfernt, legt er sich in frisches Gras unterhalb eines großen Sarkophags. Halborchideen blühen da, und Farnkraut rollt sich aus dem Boden. Zahllose Schalen von Edelkastanien liegen wie kleine Igel dicht an dicht unter den mächtigen, viele Jahrzehnte alten Stämmen der eben schon grünenden Bäume. Ich setze mich zu ihm.

„Wann geht eigentlich eure Fähre nach Piombino zurück?", frage ich.

„Am Sonntag, haben wir wenigstens so geplant. Warum?"

„Na ja, es sieht nicht gut aus mit der Weiterreise morgen."

„Wieso? Stimmt was nicht mit dem Schiff? Die Genua ist doch wieder da! Und der Gaszug am Motor hat die ganze Zeit keinen Ärger gemacht."

„Stimmt schon, das meine ich auch nicht. Aber das Wetter, genauer, der Wind macht nicht mit."

„Was ist mit dem Wind?"

„Immer noch zu heftig, der Nordwest. Wir müssen sehen, wie sich das entwickelt." Ich lege mich neben Chris und lasse die Lichtfetzen, die zwischen den Baumkronen den Boden erreichen, auf meinem Gesicht tanzen.

„Erinnerst du dich an den Typ, von dem ich erzählt habe?"

„Wen meinst du?"

„Na den Doktor mit der Geige, der auch segelt!"

„Ach der..was ist mit dem?"

„Der hat auch schon mit einem Nordwest Ärger gehabt, hat er mir mal erzählt."

„Hier im Süden von Korsika?"

„Ne, das war in den Gewässern um Dänemark. Er hatte sein Schiff nach der Renovierung ein paar Tage über die Ostsee gehetzt und ist dann auf der Rückfahrt von Bagenkop nach Travemünde im Starkwind auf der Dünung nach hause geritten. Die hat ihn zusammen mit sechs oder sieben Beaufort ganz schön beschäftigt. Surfausflug hat er es genannt. Das war damals auch ein Nordwest. Muss ein teuflischer Trip gewesen sein. Er war mal wieder einhand unterwegs, der Irre."

„Den möchte ich schon gerne kennenlernen. Wie hieß der nochmal?"
„Paul heisst der Verrückte, Paul Wieland."
„Vielleicht kannst du uns ja mal zusammenbringen. Aber siehst du, genau so was will ich euch nicht zumuten, und mir auch nicht. Ausserdem ist die Strasse von Bonifacio eine heikle Ecke, du weisst, die Riffe von Odysseus."
„Da hast du schon recht. Aber wir haben noch genügend Zeit, keine Sorge."

Christian gähnt, lange, ausgiebig, genüsslich. Ich kann seine Goldkrone sehen, es ist einer der Backenzähne auf der linken Seite seines Unterkiefers. Unwillkürlich schließe ich mich an, ohne Goldzahn allerdings.

Dann sagt er, die Stimme wird leise:
„Du, Robby, ich möchte dich mal was fragen."
„Ja?"
„Gestern hab´ ich dir doch gesagt, dass Lilo ein Kind möchte."
„Und du nicht?" Ich rolle mich auf die Seite, um seinen Gesichtsausdruck erfassen zu können. Er sieht zu mir hin, aber sein Blick trifft mich nicht, er scheint durch mich hindurch zu gehen.
„Doch, schon, aber wegen meiner Mumps - Erkrankung geht das nicht mehr. Weisst du, ich war doch schon erwachsen, damals." Ganz glatt kommt diese Eröffnung über seine Lippen, er spricht gleichbleibend leise.

„Und wie lange weisst du das schon?" Ich denke garnicht darüber nach, dass meine Frage unangemessen sein könnte. Er will mich doch offensichtlich um Rat fragen. Es gelingt mir, einen mitleidigen Tonfall zu vermeiden. Das wäre das schlimmste, was ich anrichten könnte in dem Augenblick seiner schonungslosen Offenheit mir und auch sich selbst gegenüber.

„Seit der Krankheit. Ich bin darüber informiert worden, aber es war mir eigentlich nicht wichtig, damals jedenfalls nicht. Und als ich Lilo kennengelernt habe, war es auch nicht gerade das erste Thema, das ich mir ihr besprechen wollte. Das hat noch Zeit, dachte ich. Es war feige und dumm, aber so ist es gewesen."

„Es ist später also nie genauer untersucht werden?"

„Nein, es war doch klar, haben die Ärzte sagt."

„Und du hast noch nie mit Lilo darüber gesprochen? Ich meine, sie weiss davon nichts?"

Jetzt bin ich unehrlich zu ihm, denn ich erinnere mich nur zu gut an die kurze Bemerkung seiner Frau am Vortag, im Cockpit der Hanseatica. Aber was soll ich sonst machen. Ich will Lilo nicht bloßstellen. Wie würde er sich fühlen, wenn ich sagen würde: "ja, ich weiss schon!" Und in welche Lage würde ich sie bringen. „Du hast hinter meinem Rücken darüber gesprochen?", so würde er sie angreifen, verletzt, beschämt, enttäuscht. Dass auch sie, gerade sie unter seinem Mangel zu leiden hat, dafür wäre er blind in seinem verletzten Stolz, und das könnte man gut verstehen. Nochmals denke ich darüber nach, wie verdreht es in ihrer Seele zugehen muss, dass sie Martina und mir eine Hotelnacht, eine Liebesnacht verschafft hat. Eine richtige Identitätskrise ist das, und ich lese daraus auch ab, dass die beiden kein natürliches Sexualleben haben. Das kann ich mir nicht vorstellen. Darüber mit Christian reden? Das bringe ich nicht fertig. Ich bin sein Skipper, sein Segelkamerad, in gewisser Weise auch sein Vertrauter, ja. Aber sein Therapeut bin ich nicht. Kann ich nicht und will ich nicht sein. Das Problem ist zu heikel, als dass man es unprofessionell, dilettantisch lösen könnte.

Diese Gedanken ziehen in meinem Kopf entschuldigend ihre Kreise und machen mich dennoch wehrlos, als Chris fragt:
"Könntest nicht du vielleicht..?"
„Du meinst, ich soll..?"
„Es wäre doch wenigstens.."
„Aber was wird sie..?
„Ich dachte ja nur, weil wir dich beide mögen, und du als Aussenstehender, du weisst schon, wie ich das meine, dass du einfach einen besseren Überblick hast. Du bist nicht befangen und könntest eine Art Schiedsrichter sein."

Da habe ich das, was ich unter keine Umständen haben will. Mir soll die Verantwortung zukommen. Ich soll entscheiden. Was heisst entscheiden. Meine Aufgabe soll es sein, ihr Eheproblem zu lösen. Doch nicht etwa auch als eine Art Stellvertreter? Das ist zu absurd. So hat er das sicher nicht gemeint. Auch wenn solche Arrangements schon stattgefunden haben, sogar mit Erfolg dem ersten Anschein nach. Für mich indiskutabel. Wegen der beiden nicht, wegen mir nicht, vor allem aber wegen Tina nicht. Mein Gott, wie bin ich da nur hineingeraten. Und wie komme ich, zum Teufel, wieder heraus? Da helfen nur gnadenlose Offenheit und Direktheit, die letztlich keineswegs gnadenlos sind. Aber ich habe noch einen anderen Vorschlag.

„Zu allererst solltest du dich mit einem Spezialisten unterhalten, geh´ zu einem Andrologen. Mach´ das wirklich. Vielleicht ist alles ganz anders, als du denkst."
Ich wage es. „Deine Frau hat auch schon einmal so eine Andeutung gemacht, dass ich annehmen konnte, es gibt ein Problem zwischen euch."
„So, hat sie?" Mehr sagt er nicht. Das ist gut.
„Ja, aber erst deine Offenheit macht es mir möglich, das ganze zu verstehen." Eine kleine Pause, um seine Reaktion abzuwarten. Er schweigt weiter.
„Dir ist doch klar, dass ich da nicht viel helfen kann, aktiv jedenfalls nicht. Ich kann aber gut zuhören, und meine Idee, mein Vorschlag wäre, dass wir alle drei zusammen darüber reden. Paartherapie ist nicht gerade meine Spezialität, aber so weit brauchen wir ja nicht zu gehen. Ihr zwei müsst einmal ohne Vorbehalte aussprechen, was ihr bisher in euch vergraben habt, verstehst du. Das ist der Ausgangspunkt für alle anderen, nachfolgenden Möglichkeiten. Reden müsst ihr miteinander, Christian. Und berücksichtige meinen anderen Rat."

Der Arme sagt noch immer nichts. Sein Gesichtsausdruck hat sich gewandelt. Jetzt sieht er mich wirklich an. Hoffnung habe ich bei ihm anscheinend nicht wecken können. Ich versuche es nochmal:

„Einfach mal tun und geschehen lassen, worauf ihr Lust habt. Das Leben genießen ohne Zielvorstellungen im

Kopf, ohne Zweck, ohne an ein Kind zu denken."
„Bist ein guter Skipper", sagt Christian.

Burschikose Ausdrucksweise, mit der er seine Verlegenheit überspielt. Ich weiss, wie er das meint und bin angerührt von seiner Vorstellung, mich als eine väterliche Autorität zu sehen. In dieser Rolle kann ich mich zurecht finden. Ich werde ja tatsächlich noch in diesem Jahr Vater sein. „Tina", ist mein nächster Gedanke. Wo ist sie? Ich bin der Ansicht, dass ich unentwegt, an sie denke. Das ist natürlich nicht so. Aber das Gespräch mit Chris hat mich verwirrt und belastet und meine Sehnsucht geweckt. Ja, sie ist aufgewacht, der Ausdruck gefällt mir. Denn diese Sehnsucht schläft in mir wie in einem immer während en Bereitschaftsdienst. Sie ist immer vorhanden und wartet Tag und Nacht darauf, sich erfüllen zu dürfen.

„Bitte denk´ drüber nach, es ist eure Chance." Damit drehe ich mich auf die Knie und stehe auf, etwas steif, strecke mich hoch.
„Ich sehe mal nach meiner Tina, sicher sind die beiden zusammen, irgendwo. Kommst du mit?"
„Später, danke. Ich will nachdenken."

ooo

Lange muss ich nicht suchen, schon im Stehen sehe ich sie mit Lilo an der Friedhofsmauer sitzen, die Gesichter zur Sonne, ein friedliches Bild zweier glücklicher Menschen, so sieht es aus. Die Wirklichkeit ist anders, was Lilo angeht.

„Mein Schatz!" Martina springt auf und kommt auf mich zugelaufen, als sie mich entdeckt. Ein Küsschen, eine Umarmung. Nicht mehr loslassen möchte ich dieses reizende Mädchen. Ein Tag ohne sie wäre mein Untergang.

„Ich hab´ euch gesehen und wollte nicht stören. Ihr wart so ernsthaft im Gespräch. Du hast mich aber ganz schön lange alleine gelassen."

„Du hast recht, aber es ging nicht anders. Männersachen, weisst du."

„Was heisst denn das, Männersachen?"

„Wir haben uns wegen der Rückfahrt nach Elba Gedanken gemacht, weil es immer noch so windig ist. Sie haben doch schon die Tickets für die Rückfahrt nach Piombino."

„Ach so. Ich dachte, was bedeutenderes."

„Ne, ne."

Während ich sie noch immer an mich gedrückt halte, bin ich schon wieder unehrlich. Wer ist mir denn wichtiger? Oder vielmehr, was ist wichtiger, Fairness gegenüber Christian oder Offenheit zu Tina? Am liebsten wäre ich auf dem Mond. Mit ihr zusammen natürlich. Ich werde mit ihr darüber reden, wenn die heisse Phase vorbei ist, wenn unser Ehepaar sich ausgesprochen hat. Wenn sie es nicht tun, dann hat es sich sowieso erledigt, von selbst. Egoistisch, so zu denken, aber wenigstens mit mir bin ich ehrlich.

Sie hat ihre Arme um meinen Hals gelegt und hängt an mir herab. Sie versucht, meinen Kehlkopf mit den Zähnen zu erwischen, wozu sie ihren Hals zur Seite legt. Ihre Nackenhaare bewegen sich im Hauch meines Atems. Meine

Hände streifen über ihren Rücken. Ich kann ihre Rippen fühlen.

„He, willst du mich schlachten? Du fingerst an mir rum, als wärest du die Hexe und ich Gretel. Na, bin ich schon fett genug?"

„Du bist überhaupt nicht fett, was redest du."

„Werd´ ich aber noch, du wirst schon sehen. Wenigstens am Bauch und an den Hüften. Und du weisst, wo noch."

„Ist mir doch egal, ich liebe dich, ich liebe euch beide."

„Ach Schatz."

Sie drängt noch dichter an mich heran, wenn das überhaupt möglich ist. Wie gerne wäre ich jetzt tatsächlich auf dem Mond mit ihr, oder irgend wo sonst, wo wir alleine sein könnten.

„Ich hätte nie gedacht, dass es an einer Friedhofsmauer so schön sein kann", sagt sie plötzlich.

„Lilo und ich haben uns gut verstanden, eigentlich zum ersten mal so richtig, weisst du."

„Sie ist etwas herb und braucht eben mehr Zeit, um auf jemanden zuzugehen."

„Ja, das wird es wohl sein."

„Über was habt ihr denn gesprochen, so lange?"

„Na und ihr? Ach ja, Männersachen. Also bei uns ging's um Frauensachen." Sie lächelt mich unschuldig an, sie will, dass mich das fertig macht.

„Sag´ doch mal, im Ernst."

Tina schaut sich nach Lilo um, die immer noch an der Mauer sitzt.

„Die beiden haben ein Problem, das wir nicht haben, verstehst du?" Ich verstehe schon, aber soll ich es zugeben?

„Ja, ein Problem haben wir zum Glück nicht."

„Genau. Und Lilo sagt, dass Christian keine Kinder machen kann, wegen einer Krankheit, von früher."
„Chris hat mit mir eben auch davon gesprochen und mich um Rat gefragt. Kannst du dir das vorstellen? Was soll ich denn da helfen?"
„Denk´ nicht im Traum daran, mein Lieber!" Ist sie verstimmt? Nein, sie lächelt, nicht ironisch, einfach so. Sie lächelt eigentlich sehr oft, denke ich. Es ist in ihr, eine Art Charakterzug, wenn es sowas gibt.

Ich bin sehr erleichtert über unsere Unterhaltung, richtig befreit, denn die mir aufgezwungene Situation hat ihren Schrecken verloren. Sie hat sich in Luft aufgelöst, ohne mein Zutun. Lilo und Christian sind nicht so naiv, anzunehmen, daß wir beide uns nicht austauschen. Fast könnte ich mir denken, dass sie hoffen, sich auf diese Weise wieder näher zu kommen. Der Anfang ist gemacht, sie sind beide über ihren Schatten gesprungen. Was sie aber weiter unternehmen werden, das bleibt ihr Geheimnis, erst einmal. Indirekt ist es ihnen gelungen, einen ersten Kontakt herzustellen, über uns. Genau das versuche ich Tina klar zu machen. Aber natürlich weiss sie es längst. „Du bist ein kluger, weitsichtiger Engel", sage ich. „Bekommst eben viel mit bei deinen Flügen."

„Komm´, wir machen einen Spaziergang, nur wir beide. Ich glaube, dass Lilo und ihr Mann jetzt reif sind für ein Gespräch miteinander. Diese Chance sollten wir ihnen nicht vermasseln. Was meinst du?"
„Ist das reine Menschlichkeit, oder hast du auch noch was anderes vor?"
„Nein, Robby, diesmal nicht."

„Ach schade", sage ich.

„Ist ja noch nicht aller Tage Abend, mein Liebster".

„Dann los, wohin willst du?"

„Wir sagen ihnen eben noch Bescheid. Wo sind die eigentlich geblieben?"

„Am Friedhof nicht mehr. Wir gehen einfach ins Dorf zurück. Viel Möglichkeiten gibt's hier nicht, sich zu verstecken."

ooo

Wir schlendern links über die Straße. Ein verschlossenes Gatter zieht uns an. Wir biegen den Draht auf, der um einen Pfosten gelegt ist, und stehen unerwartet am Anfang einer kleinen Allee, kaum fünfzig Meter lang. Hohe Eichen, deren Gipfel sich über uns ineinander verschlungen haben. Zwischen den Stämmen leuchtet hell das Licht über einer Wiese. Eine Frühlingswiese wie gemalt. Im Hintergrund rahmen drei riesige, einzeln stehende Bäume das friedliche Bild ab. In der Luft nur das Rufen eines Vogels, sonst kein Laut.

Später gehen wir auf der Straße zurück und einige Schritte ins Dorf. Chris und Lilo lehnen an einem Mäuerchen, das wenige Steingräber gegen direkten Einblick abschirmen soll. Ein Stillleben, aber zu intim für ein Foto, finde ich. Mag sein, dass ich mich täusche, aber es sieht so aus, als hätten die beiden Frieden gefunden. Klingt pathetisch, ich weiss, aber den Eindruck vermitteln sie, die Art, wie sie beieinander stehen, sagt es mir. Ich schaue zu Tina, sie hat den gleichen Eindruck gewonnen. Wir winken ihnen zu und gehen weiter zum anderen Ortsrand. Eingerahmt von schmiedeeisernen Gittern, dämmert eine noch unbelebte Sommervilla vor sich hin, träumt in den Frühling. Vor dem Eingang an der Frontseite verzaubert ein gut zwei Meter hochreichender Kamelienbaum mit unzähligen dunkelroten, faustgroßen Blüten die graue Fassade. Dicht daneben rankt am Zaun üppiger Blauregen, eben aufblühend, die Dolden an ihren Spitzen weich und blass blau-grau, hinüber rankend bis zu über das alte, rustikal verzierte Holzportal.

Gerade gegenüber, auf der anderen Straßenseite, liegt ein weiteres, eher unauffälliges Gebäude, das auch bei uns zu hause irgend wo in einer Kleinstadt nicht auffallen würde. Im Fenster des Erdgeschosses, hinter seitwärts gerafften Spitzenvorhängen, das Gesicht einer Freundlichkeit ausstrahlenden Frau. Im Vorgarten Blüten verschiedenster Art, Geranien vor allem und Kosmeen. Auf der Deckplatte eines gemauerten Pfeilers am Hoftor sitzt eine buschige, weiss-braune Katze, die uns anblinzelt und sich bei unserer Annäherung lang hinstreckt, soweit es die begrenzte Fläche zulässt. Ihr Lieblingsplatz zu dieser Tageszeit. Das Tier möchte gestreichelt werden. Genüsslich schnurrt es, während unsere Hände an ihrem weichen Körper entlangstreifen. Als ich meine Kamera hebe, setzt sie sich auf, legt ihren Schwanz um sich herum und hebt den Kopf. Das geborene Model. Die alte Frau lächelt und macht mit ihrem Kopf die gleiche Bewegung wie ihre Katze. Es ist wie ein dankender Gruß an uns. Im Hintergrund, links neben dem Haus sitzt ein großer, brauner Hund und beobachtet uns aufmerksam.

ooo

Eine gute Stunde später sind wir alle wieder zusammen, steigen in unser Fahrzeug und erreichen ohne weitere Unterbrechungen Sartène, das uns bis auf den belebten, kleinen Platz im Zentrum wenig fesselt. In der schlichten Kirche wird das berühmte Büßerkreuz aufbewahrt, von dem wir noch nie gehört haben. Alljährlich findet am Karfreitag die Catenacciu - Prozession statt. Eine Tradition mit Wurzeln im Mittelalter. Mein Reiseführer erklärt, diese fünftgrösste Stadt Korsikas habe sich dadurch ihren mittelalterlichen Charakter bewahrt. Dann belebt sich der sonst eher stille Ort, der nur von Durchgangstourismus berührt wird. Das französische Fernsehen erscheint, Menschen aus allen Teilen der Insel reisen an. Auch Reiseunternehmen weisen auf den Besuch in den Osterprogrammen hin. Wir können das nicht recht nachempfinden, denn die Straßen und Häuser und die wenigen Geschäfte zeigen für uns eher ein verkommenes, totes Gesicht. Sicher ist diese Aburteilung, auf ganz Sartène bezogen, ungerecht. Kann es sein, dass wir ein wenig müde sind nach diesem ereignisreichen Tag, einfach gesättigt von Eindrücken? Ganz sicher. Das große, massige Holzkreuz, die schwere, eiserne Kette, in Sainte Marie links vom Eingang aufbewahrt, da überfällt uns dann doch ein leichtes Schaudern. Wir fragen uns, was für ein starkes Motiv es sein muss, diese schreckliche Strapaze auf dem ganzen Weg der Prozession zu ertragen. In früheren Zeiten waren es reumütige Banditen aus der Vendetta-Szene, die sich dazu bereit fanden, erklärt mein kluges Büchlein. Viel wird es ihnen nicht geholfen haben. Eigentlich schade, knapp verpasst.

Auf der Piazza Porta, nicht weit entfernt von der Kirche, bietet sich ein ganz andere Bild. Zweihundert Meter, und schon in einer anderen Welt. Dicht grüne Bäume, grün lackierte Bänke, ein dreieckiger Platz. Gruppen verschiedenster Nationalitäten, die sich teilweise heftig, aber leise unterhalten. Marokkanisch - arabische, französische und korsische Laute, ein fremdartiges Sprachgewirr. Babylon. Alle stehen oder sitzen sie zu zweit, zu dritt. Selten sind mehr beieinander. Eine unheimliche Atmosphäre, man scheint auf etwas zu warten, auf etwas Unbekanntes, Entsetzliches, als hätte gerade ein Akt der Blutrache stattgefunden. Vielleicht ist es lediglich die nachklingende Stimmung der wenige Tage zurückliegenden Prozession. Letzte Woche war Karfreitag.

Als sei es abgesprochen, steuern wir zusammen auf ein Straßencafé zu, dessen weisse Korbsessel weit auf den Gehweg reichen. Wir lassen uns erleichtert nieder. Kaffee, Eis, Wasser, das Übliche. Gespräche spärlich, dünn. Ermattung, Träume von Bett, Ruhe, Beine hochlegen. Ein ruhiges Bier auf dem schaukelnden Deck der Hanseatica. Was mich angeht, so habe ich genug gesehen, heute. Um die allgemeine Stimmung nicht weiter abzukühlen, schweige ich über meine geheimen Wünsche. Unvermeidlich Tinas Kommentar zu dem nicht Gesagten: „Ich will zurück aufs Schiff, bitte." Diesmal kein suggestives Lächeln, nur traurige Augen, ebenso wirksam, unbeabsichtigt, dieses eine Mal. Ihr Fuß? Heimweh - Gefühle der ganzen Crew, nach dem Hafen, nach dem Meer. Wir sind reif für die Rückfahrt, eigentlich. Die nachmittägliche Flaute. Die Sessel sind bequem, wir dösen vor uns hin, ganz entgegen der Touristenmentalität, nichts verpassen zu dürfen. Der Kaffee tut seine Wirkung, auch das Ruhen. Chris sucht auf der Speisekarte vergeblich nach einem Tuborg - Bier. Ausgerechnet. Überall auf Korsika nur Kopfschütteln. Schon in Macinaggio hatte eine alte Verkäuferin gesagt: pas ici en Corse. Festlandluxus. Au diable avec ça . Er will es immer noch nicht glauben, der Arme.

ooo

Hallo, Stress - Adrenalin, energiereiche Phosphate, Reserve - Blutzucker mal herhören. Die nächste Runde beginnt, also hoch mit euch. Der Aufruf klappt, wir fühlen uns regeneriert und ziehen weiter. Ein kleiner Gang um die Kirche Sainte-Marie, die wir nun schon kennen, Tina möchte doch nochmal die Gruselkette sehen, vor allem anfassen. Es klirrt laut. Andere Kirchenbesucher drehen die Köpfe und schütteln sie. Wohlverhalten. Einheitliches Verurteilen. Tut man so etwas? Borniertes Germanentum. Neid auf die ungezwungen praktizierte Neugier der jungen Frau mit dem ungekämmten Blondhaar. Was sich die Schweden da herausnehmen, unschicklich. Woher soll sie denn sonst kommen. Dort soll es ja auch Sex vor der Ehe geben. „Habe ich recht, Alfons?" Ach, die schon wieder. Und wie sie recht hat. Nicht nur dort. Wir finden das Leben wieder mal grenzenlos schön. Auch außerhalb von Skandinavien.

Umrundung der Kirche. Auf dem flachen Wellblechdach einer Hinterhofgarage lümmelt eine Siamkatze. Es kann auch ein Kater sein, wir sehen lieber nicht nach. Tinas blaue Augen. Nicht ganz, die sind mehr grün. Eine plötzliche Sehnsucht nach unserem Tier zuhause, bei Tina und mir. Unser Schmusetier in der Verbannung bei Freunden. Unerträglicher Gedanke für einen Moment. Dieses hier reagiert nicht auf uns. Asiatische Zurückhaltung, Undurchdringlichkeit. Sitzt unbeweglich, wie verbittert in dem verschlafenen, von Mäusen verlassenen Nest, in dem sich niemand richtig um sie kümmert. Ganz anders habe ich die Katzen in Bonifacio in Erinnerung, um die Festung herum. Schnell hinter einer Mülltonne verschwindend, Abfälle durchwühlend, streitsüchtig, unbemerkt aus einem Hauseingang schleichend. Lebenskünstler, gezwungenermaßen. Keine Streicheltiere. Auch Katzen haben verschiedene Mentalitäten, abgesehen von den unterschiedlichen äußeren Lebensbedingungen.

ooo

Duschen, Abendessen, Gemeinsamkeit an Bord der Yacht. Schlaglichter des vergangenen Tages. Jeder mit eigenen Eindrücken und Beobachtungen, Gedanken darüber und über die Welt. Keine persönlichen Bemerkungen, vielleicht noch zu früh, immer noch. Ist es die Wirkung des gepflegten, warmen Duscherlebnisses, ist es das Nudelzeug? Der Wein etwa? Wie auch immer, es entwickelt sich ein spontaner Shanty - Abend, wie man ihn nie erzwingen oder wiederholen könnte. Christian greift sich zum ersten mal die Bordgitarre und spielt überraschende Lieder, die uns alle gefangen nehmen mit ihren Melodien. Seine Stimme klingt auch nicht schlecht. Besonders ein Volkslied, in Münsteraner Platt gesungen, geht uns besonders nah. Ich weiss nicht, warum. Wir singen mit, so gut es geht. Eine friedvolle, einschmeichelnde Atmosphäre umgibt uns in der Enge unter Deck.

Derselbe Christian, der mit seiner Frau nicht klar kommt, der so seltsame Rituale befolgt, der immer etwas linkische und unterwürfige Christian nimmt uns mit seinem Lied mit, auch mit seiner sanften, eindringlichen Stimme, die nicht aus seinem Mund stammen kann, und doch die Seine ist.

Zwingt mich dadurch, die Erkenntnis zuzulassen, dass jeder Mensch irgendwo eine verborgene Kraft besitzen kann, die ihn über sich hinaus wachsen lässt , wenn sie die Gelegenheit bekommt, wirksam zu werden, und wenn es in der kleinen Kajüte der Hanseatica ist, an einem beliebigen Tag in einem beliebigen Hafen des Mittelmeeres.

Dieser Christian bringt es fertig, unser aller Gemüter zu bewegen und uns für einen Augenblick in eine andere Dimension zu entführen, aus der wir nur ungern zurückkehren, in der er ein völlig Anderer zu sein scheint, derjenige vielleicht, in den sich seine Lilo einmal verliebt, und den nur sie bisher so gekannt hat.

In meiner Ergriffenheit versuche ich Christian zu verstehen zu geben, wie sehr sein Lied mich getroffen hat. Wie im Märchen sehe ich vor meinen Augen den strahlenden Prinzen zu Boden gleiten und als hässlicher Frosch davon springen. Hastige Entschuldigungen, Verlegenheit, Selbstvorwürfe versuchen die Situation zu retten. Scham für meine ungewollt destruktiven Worte. Ich habe seinen Palast aus zerbrechlichem Kristall zerschlagen, in den er uns eingelassen hat. Das war keine gute Tat, auch wenn ich so etwas nicht beabsichtigte, habe ich plump und selbstbezogen die in uns allen nachklingende Atmosphäre der Nähe und Vertrautheit vernichtet. Jeder hat diese Rückverwandlung wahrgenommen, aber der Zusammenhang mit meinen unverdächtig lobenden Worten bleibt verborgen. Ich fühle mich wie ein feiger Verräter in dieser Nacht und habe mir selbst am meisten genommen.

Martina als einzige hat doch etwas bemerkt und bringt es auf den Punkt: "Du hast ihm seine Tarnkappe 'runtergezogen." Irgendwie hat sie recht, auch wenn ich nicht gleich verstehe, wie sie das meint.

Die Kerze ist abgebrannt, wir gehen schlafen. Tina und ich fühlen uns so nahe, und ich bin ganz sicher, daß es nicht nur eine Folge der plattdeutschen Sprache ist.

Das Wetter zeigt keine Tendenz zur Änderung, der Wind bläst unverändert hart von achtern über das Deck. Vor dem Schlafengehen ein Wetterblick des Skippers. Auf der Rückfahrt hatte sich der Himmel verdunkelt. Ich habe den Eindruck, im Osten würde es wieder etwas heller. Wunschdenken, hoffnungsgetragene Täuschung. Wir kommen hier nicht mehr raus, wenn das so weiter geht. Also die nächste Gelegenheit, wann immer, müssen wir anpacken.

Freitag, 11. Mai

Immer noch Bonifacio. Obwohl sich nichts merklich geändert hat, unternehmen wir einen Ausbruchsversuch. Die Zeit sitzt uns etwas im Nacken, wegen der Fähre. Wir sind an der Tankstelle vorbei, haben Diesel nachgebunkert und sehen am Ausgang des Naturhafens schon die Schaumkronen draußen, die Madonetta vor dem Bug an Steuerbord. Unmittelbar nach Verlassen der schützenden Bucht spuckt uns von Steuerbord der Nordwest ins Gesicht. Gut, dass die Segel noch unten sind.

„Habt ihr euch so gedacht, ihr Süßwassermatrosen", brüllt er uns in die Ohren. „Hier kommt keiner raus, heute!"

Starker Wind, starker Seegang. Ich hätte es wissen müssen. Aber es ist nicht zu spät. Ich mache Chris ein Zeichen, und er dreht das Steuerrad. Über Backbord zurück zu unserem Liegeplatz. Erleichterte Männerherzen, jubelnde Frauenseelen. Damen an Bord bringen Unglück? Unsinniger Schifferschnack. Männer - Alibispruch bei jedem missglückten Unternehmen, wenn die Kapitänsbraut mit dabei war. Oder eine andere.

ooo

Das wird der vierte Tag in unserem Lieblings - Liegeplatz, vielmehr in unserer favorisierten Hafenstadt. Was machen wir? Erstmal raus aus den Schlecht - Wetter - Klamotten. Während wir uns dieser mühseligen Beschäftigung widmen, kommt ein mächtiger Pott die Bucht herauf. Ich meine, eine Ketsch, gern dreißig Meter lang, den Klüver nicht mitgerechnet. Die Vorsegel ordentlich verwahrt irgendwo in Säcken und Luken, das Groß am Baum unter einer Persenning. Der breite Bug dreht sich in unsere Richtung. Die sollten uns aber gesehen haben, hoffe ich. Achtern rasselt die Ankerkette, dann legt das Schiff bedächtig, fast elegant jenseits des Kanadiers an. Uniformgekleidete weibliche Matrosen springen an Land und belegen die „Batavia" mit mehreren Festmachern an der Pier. Was für ein strahlend weisser Palast auf Planken. Am Heck drei grosse Sprossenfenster, umrahmt von Schnitzereien, darüber das Beiboot quer an Davits. Der Besan, wie üblich bei einer Ketsch, innerhalb der Wasserlinie und demütig ein Stück kürzer als der himmelhohe Großmast. An Deck überall gedrechseltes Holz, blinkende Messingbeschläge. Wenig Freizeit für die Mannschaft. Ausser den beiden kessen Seefrauen kein Mensch in Sicht, vermutlich dauert noch das Sektfrühstück in der Offizierskajüte an. Dazu wird ja auch manche Hand gebraucht. Aus dem achtern in die Seitenwand eingelassenen, ebenfalls verschnörkelten Fenster funkelt eine schaukelnde Lampe. Ein schwimmendes Domizil. Aber keine Blaskapelle zur Begrüßung. Inkognito. Nur kein Aufsehen. Wie denn, mit dem Riesenkahn! Jetzt erscheint mittschiffs ein älterer Mann, ein Herr mit grauen Schläfen und Schiffermütze. Marineblaues Jackett natürlich, und die weisse Hose. Pfeife im Mundwinkel. Personifizierte Lässigkeit. Der Schablonenmann blickt kühn gegen den Wind. Ich wünsche mir, dass seine Mütze durch die Luft fliegen soll wie eine wild gewordene Möve. Aber nichts dergleichen. Das Monument der Erhabenheit steht wie angeschraubt.

Tina und ich machen im Laufe des Vormittags einen Besuch auf dem Kanadier. Sie ist kontaktfreudig, richtig kontaktbegabt, mehr als ich es bin. Sage ich neidlos. Andere Yachten sind als solche immer schon interessant. Es geht aber um das Kennenlernen des Eigner - Ehepaars. Es sind geborene Schwaben, vor dreißig Jahren nach Toronto ausgewandert, mit Erfolg, wie man sehen kann. Glückwunsch. Kein einfaches Geschäft, so ein Neuanfang in einem fremden, fernen Land. Seit vier Jahren leben sie auf ihrem Schiff, von winterlichen Landaufenthalten abgesehen. Respekt. Auf dreißig Fuß Länge. Keine Anzeichen von Verwilderung, Vernachlässigung oder neurotischem Verhalten. Wirklich großen Respekt. Klar, an wen ich gerade denke, oder? Die „Melody", mit der Tina und ich im Sommer zwei Wochen in der Ägäis segeln wollen, wird noch ein Stück größer sein.

Wir bekommen sardischen Weisswein aus Plastikbechern mit Eigengeschmack und unkompliziertes korsisches Brot, ein Salz - Wasser - Mehl - Gemisch, pfannkuchendünn gebacken. Eine gelungene Kombination.

„Wenn es mal draußen zu hart zugeht", sagt die Frau, „dann machen wir alle Luken dicht, halten uns aneinander fest und warten, bis es vorbei geht." Beide sind über fünfzig, es beeindruckt uns beide sehr, wie eng dieses Paar miteinander leben will und leben kann. Sie sind ein Vorbild für uns, vielleicht auch ein Abbild. Sie sind glaubhaft, so, wie wir sie erleben. Als Geschenk überreichen sie uns zwei Papierfähnchen mit dem kanadischen Ahornblatt.

Rührende Geste. Tina versucht sich eine davon in ihr Haar zu stecken, die sind aber zu kurz. Das verschafft uns ein belustigtes Abschiedsgelächter.

Bei der Rückkehr auf die Hanseatika sehen wir im Salon der Batavia die Schatten des schon bekannten Herrn und einer dazu passenden Dame. Vielleicht auch eine der Matrosinnen. Auf so einem Schiff dann schon eher Stuardessen. Oder noch etwas amusanteres. Reiche Männer mit grauen Schläfen wissen zu leben. Einzelheiten sind nicht zu erkennen. Unwichtig für den Geist, ärgerlich für die Neugier. Großsegler - Kabarett.

°°°

Harmlose Tina: „meinst du, die sind vielleicht zu dritt, da drin? „Deine Gedanken sind meine Gedanken", flüstere ich, obwohl man uns drüben sicher nicht hören kann. „Na und wenn auch. Also wenn du eine Zwillingsschwester hättest…aua!" Sie hat mir doch tatsächlich eine geknallt. Aber richtig. Ich habe sie verletzt mit meiner witzig gemeinten Bemerkung.
„Es tut mir so leid, Süße, ich war blöd."
„Das warst du wirklich, du Schaf!"

Begütigend in den Arm nehmen? Sträubend abgelehnt. Ins Gesicht lächeln? Keine Reaktion. Wange streicheln? Kopfschütteln. Vor ihr niederknien, obwohl Lilo und Chris im Niedergang stehen und zu uns ´rübersehen? Jawohl, das war's. Damit habe ich dich erstmal ´rumgekriegt. Aber Mund halten. Es hätte kaum schlimmer kommen können. Denn Tina hat noch nie Gewalt gegen mich angewendet.

Gewalt in der Partnerschaft ist kein Thema zwischen uns. So etwas provozierendes werde ich nicht wieder sagen. Ich verspreche ihr das, und ich meine es auch. Versprochen ist versprochen, Liebste.

Habe ich wirklich nur ganz hypothetisch an einen Zwilling gedacht? Könnte ich mir offen in die Augen sehen, vor dem Spiegel, wenn ich wollte? Eine zweite, identische Tina, das wäre doch so gut wie sie selbst, oder? Das ist kein Weg, auf dem ich weiter nachdenken darf. Wie kam ich auch nur auf die dumme Idee. Ach ja, zwei von der Sorte wären doppeltes Glück, so etwa vielleicht? Meine Selbsteinschätzung steuert einem Tiefpunkt entgegen. Deshalb begebe ich mich von dem Glatteis ins Cockpit, wo drei Crewmitglieder auf ihren rotbackigen Skipper warten. Gutmütig - spöttisches Grinsen. Belegte Brote schieben sie mir zu und wünschen guten Appetit. Vielen Dank. Ein verlegener Blick zu Tina. Sie lächelt mich an, als sei nichts gewesen. Etwas rumort in mir. Immerhin, mindestens Waffenstillstand, ich glaube sogar, es ist ein Friedensangebot. Wer würde da ablehnen? Ich jedenfalls nicht. Als ich das Essen nehme, sage ich: „danke, vielen Dank." Nur meine Tini weiss, wen ich damit meine. Unvermutet ist mir ganz schrecklich zumute, Erleichterung? Enttäuschung über mich selbst? Ich verschwinde nach unten und lege mich auf die Steuerbord - Koje, Tinis Koje. Und dann fliessen mir die Tränen aus den Augen, ich kann nichts dagegen machen. Geräuschlos wenigstens, ich versuche es. Elendes Gefühl, ich wüsste nicht zu sagen, seit wann das erste mal wieder. Vielleicht als Kind. Ich bin nicht der harte Käpten Ahab.

○○○

Oben Tina zu wissen, und sie fühlt nicht, wie dreckig es mir geht, das ist noch das Schlimmste daran. Angst will mich fressen, richtige Verzweiflung wirft sich auf mich. Es brennt in mir, und ich kann nicht löschen. Das könnte nur die, deren weibliche Sensitivität ich verletzt habe durch irgend eine dahergeredete Bemerkung. Ich habe Strafe verdient, ich sehe es ein. Trotz der Tiefe meiner Ratlosigkeit wird mir bewusst, wie jämmerlich ich in Selbstmitleid wühle, wie egoman das ist, was ich für Werthers Leiden halte. Meine Scham nimmt zu. Es gelingt mir, wieder an meine Oberfläche zu kommen, und als Buße für mein Versagen erlege ich mir auf, mich oben zurückmelden, ohne weitere Erklärung, geläutert sozusagen. Christian und Frau haben nichts bemerkt, so möchten sie es erscheinen lassen. Gut. Danke. Und Tina? Sie nimmt meine Hand und legt sie auf ihr Herz. Alles ist wieder gut. Ist es wirklich? Fast müsste ich nochmal heulen. Aber ich lache lieber, wenn auch falsch, und das ist genau das, was geschehen musste. Wir alle lachen. Jeder hat seinen Grund. Meiner heisst geheuchelte Befreiung. Tina ist stolz auf mich. Lilo freut sich, dass die Spannung sich auflöst. Ja, und Christian? Der lacht fröhlich mit, weil wir drei lachen. So wie man unwillkürlich gähnt, wenn ein anderer damit anfängt. Das soll kein Vorwurf sein. Männer sind im allgemeinen nicht so einfühlsam. Und dann greife ich nach meinem Brot, das so lange auf mich hat warten müssen. Es gehört zu der Verpflegung, die wir für den Ausbruchsversuch heute früh vorbereitet hatten. Mein Hunger ist ungeheuer groß. Ganz tief drinnen aber ist ein Schatten geblieben. Von irgend etwas muss auch der

glücklichste Mann seine charakteristischen Falten herlei-
ten, sie sind wie ein Schmiss, den man auf dem Fechtbo-
den einer Burschenschaft eingefangen hat.

ooo

Später. Ich trete hinter sie und lege meine Hände auf ihren Bauch, auf ihren immer noch flachen Bauch. Meine
Finger spüren das Strampeln des Babies, obwohl das in
der frühen Schwangerschaftsphase nicht sein kann. Ist es
überhaupt noch mein Kind? Erst vergeht eine endlose
Sekunde, dann reckt sich Tinas Körper hoch, ihr rechter
Arm berührt mein Ohr, sie legt den Kopf zurück, sodaß
ich ihr Gesicht sehen kann. Ihre Lippen so rot wie die Geranien des Vorgartens in Sartène. Ihr schlanker Leib ist
so jung und elastisch wie der eines Mädchens. Ich staune, dass sie in dieser Haltung ausharren kann. Sie ist
ganz entspannt dabei. Ich weiss nicht, wie sie das macht.
Die Linie ihres Halbprofils ist von einer erschütternden
Vollkommenheit. Ich sollte von ihrem weiblichen Liebreiz
verzaubert sein. Vergeblich warte ich auf die euphorisie-
rende Wirkung. Wir lieben es doch beide, uns so nah zu
sein, uns immer wieder anders zu berühren und wahrzu-
nehmen, uns körperlich und seelisch immer wieder zu
entdecken. Eine neue Übereinstimmung zu finden ist
ebenso aufregend wie eine schon bekannte erneut aus-
zukosten. Wo aber ist die unsagbare Glückseligkeit geblieben, Tina, so dicht hinter dir?" Ernüchterung. Wieder
der enge Hals. So muss sich ein neugeborenes Kind fühlen, beinahe meine ich es mitzuerleben. Verloren die flüs-
sige Wärme, die Ruhe, das sanfte Schaukeln. Plötzliche
Kälte, fremde Unruhe, das Kämpfen um Sauerstoff, der

sofort und gnadenlos beginnt. Warum hat sie gezögert, auf meine Nähe zu reagieren? War es ein Augenblick, den sie benötigte, um eine kontrollierte Reaktion vorzubereiten? Etwa, um eine Abwehrbewegung zu unterdrücken?

In dieser Nacht gibt es keinen Fingerkontakt von Koje zu Koje. Etwas fehlt, etwas stimmt nicht mehr. Habe ich wirklich eine so gravierende Grenze übertreten? Angst vor einem Gedanken, Angst, ihn überhaupt zu denken. Etwas in mir ist zerbrochen, vielleicht auch in ihr wegen meiner Gedankenlosigkeit. Mehr war es doch nicht. Jetzt habe ich zu viele Gedanken. Ein innerer Kontakt ist unterbrochen. Ich kann nicht mehr fühlen, was sie denkt, und ihr geht es genau so. Funkstörung. Ich denke an die Neuseeländer, was sie machen, wenn es ganz dick kommt, in Not und Gefahr. Und was machen wir? Kein gemeinsames Durchhalten, jeder für den anderen da, sondern ein Sich - zur - Seite - drehen, ein Wegdriften von einander. Wie kann ich es nur aufhalten, mit meinem verwundeten Herzen? Ich finde mich hilflos treibend in einem kleinen Boot, weit draußen auf einem Ozean ungewisser Zukunft.

Eine leichte Übelkeit plagt mich, die Luft wird knapp. Es ist unendlich kalt. Ich ertappe mich dabei, nur an mich selbst zu denken. Wie geht es Tina? Es gelingt mir nicht, diese Frage zufriedenstellend zu beantworten, ihr nachzugehen. Was soll nur geschehen mit uns? Mit unseren Träumen, mit unserem Kind?

Samstag, 12. Mai

Ich muss eingeschlafen sein. Eine Stille weckt mich auf. Der Wind hat nachgelassen, nach Mitternacht. Draussen ist alles ruhig. Nur leises Mastenklingeln. „Das ist die Gelegenheit, auszubrechen", denke ich spontan. Die Nacht ist zwar nicht hell, eine Flucht könnte dennoch gelingen. Welche Flucht? Vorne in der Bugkoje Christian und Lilo, sie liegt eingerollt in seinen Armen. Was für ein friedliches Bild. Einen Augenblick lang warte ich, will ihn nicht aus der Umarmung reissen. Aber dann bin ich mir selbst doch am nächsten und rüttle vorsichtig an seinem Arm.

„Chris, komm mal mit an Deck." Er reagiert langsam, wird wach, folgt mir wie ein Schlafwandler an Deck. Dort, an der kühlen Luft, wird auch sein Geist wach.
„Was ist los, hält der Anker nicht?"
„Wir sind nicht auf Reede, das ist der Hafen von Bonifacio. Alles klar?"
Nichts ist klar, was willst du denn?"
„Der Wind hat nachgelassen, wir könnten endlich raus aus dem Hafen."
„Sag´ mal, spinnst du? Mitten in der Nacht?"
„Aber wir wissen doch nicht, was morgen wieder ist. Am Wochenende sollen wir in Bastia sein. Mensch, eure Fähre!"
Langsam begreift er, was ich will.
„Ja wenn du meinst." Begeistert ist er nicht.
„Wir könnten das zu zweit erledigen, die Mädels brauchen wir nicht dabei", erkläre ich meinen Plan.
„Was denkst du, was die für Augen machen, morgen früh,

wenn wir bei Sonnenaufgang Porto - Vecchio achtern liegen haben und auf Elba zu schippern, ganz gemütlich, vielleicht sogar unter Segeln. Wir können es schaffen."

Das gefällt ihm schon besser, und wir ziehen es durch. Der Himmel ist bedeckt, sehr dunkel. Es regnet inzwischen. Dicker Pullover, Ölzeug drüber. Chris schliesst den großen Scheinwerfer an die Batterie an und bändselt ihn in der Plicht fest. Schiff klar zum Auslaufen. Leinen los gegen zwei Uhr früh. Wahnsinn. Wir tasten uns an den Feuern der langen Einfahrt entlang, immer wieder das Felsufer ableuchtend. Motorengebrumm vibriert durchs Schiff. Wer kann nur bei so etwas schlafen. Der Gaszug ist definitiv wieder in Ordnung, von selbst. Passieren der Madonetta zwanzig Minuten später. Jetzt sind wir raus aus dem schmalen Schlauch und wenden den Bug nach Ost - Süd - Ost, backbordseitig Capo Pertusato peilend. Kaum jenseits der Deckung des schützenden Felsmassivs, haut uns eine feste Brise um die Ohren. Kommt mir schmerzlich bekannt vor. Schüttende Gischt, das aufgewühlte Meer. Eine üble Kreuzsee lässt den Rumpf unruhig im Wasser stampfen. Achteraus Capo Feno, was hilft das schon. Rasch schwächer werdend bei schlechter Sicht der rote Gleichtakt der Madonetta, und an Backbord die weissen Blitze von Capo Pertusato. Voraus zeigt sich der Leuchtturm Lavezzi, gleicht links davon die tückisch lockende Befeuerung der gleichnamigen Insel. Ohne Kartenvorbereitung wäre man hier verloren. Strömender Regen geht auf uns nieder. Capo Pertusato jetzt querab an Backbord. Die See stellt sich auf die Hinterbeine, jagt uns brüllend zurück. Sturmfock und dreifach gerefftes Groß haben wir glücklicherweise rechtzeitig wieder geborgen.

Hier hätten wir keine Chance mehr. Und das mit den beiden Frauen im Schiffsbauch, und in Tinas Bauch mein Kind, um Gottes Willen. Ich rede nicht gerne darüber, dass mir die Rolle des Beschützers gefällt. Nach meiner Erfahrung wollen auch viele Frauen immer noch beschützt werden. Männliches Dominanzgebaren, Bevormundung, das ist es, was Frauen ablehnen, nicht respektvolle Hilfe, und damit haben sie völlig recht.

Die Maschine schiebt uns folgsam wieder zurück in den schutzbringenden Hafen. Erschöpft, durchnässt liegen wir wieder fest an der Kette. Anderthalb Stunden unterwegs. Logbucheintrag hat Zeit, bei Tag dann. Bevor ich einschlafe, muss ich an die italienischen Segler denken, die am vergangenen Vormittag ausgelaufen sind und nicht wieder zurückkehrten. Allerdings wollten sie nach Sardinien, also bei dem vorherrschenden Nordost nach Süden ablaufen. Die Strasse von Bonifacio mussten sie auf diesem Kurs natürlich nicht passieren. Das mochte noch gehen.

Ich habe mich täuschen lassen. Von der nur kurz anhaltenden Flaute, mehr aber von meinem inneren Drang, hier abzuhauen, weg von dem Ort meiner Scham, weg von Angst und Schmerz. Wir liegen wieder an der Pier, alles wie gehabt. Chris legt sich kopfschüttelnd wieder zu seiner Lilo. Ich kann nicht schlafen, jetzt erst recht nicht. Draussen kein Tageslärm mehr zu hören, nur das Ächzen der Planken unter mir. Noch ein nächtlicher Blick auf die von kühlem Mondlicht bedeckte Pier, fremd. Schiffsbewegungen im schaukelnden Wasser, geisterhafter Tanz.

Die Frauen liegen reaktionslos, fast nehme ich es Tina übel, dass sie nicht wach geworden ist. Aber konnte sie bei unseren Manövern tatsächlich schlafen? Dann war es ein sehr tiefer Schlaf, oder nicht? Oder liegt sie die ganze Zeit da unten in ihrer Koje und grübelt, wie ich? Keine Möglichkeit, jetzt etwas zu erreichen. Auch Scheu vor der Wahrheit. Normalerweise hätte sie gefragt: "wie meinst du das?" Diesmal ist ihr stattdessen die Hand ausgerutscht. Ein Zwilling, ein echter, eineiiger, besser noch ein Klon hätte mich verstanden, denke ich, da er sich mit seinem anderen Teil identifiziert, also gewissermaßen eins ist mit ihm. So gesehen, hätte ich nichts unschickliches gesagt. Tina hat eine unserer goldenen Regeln missachtet, über alles zu reden, und ich habe die verfahrene Situation auch nicht retten können, in meiner panischen Verlust-angst. Wir werden zurückfinden, zueinander finden. Viel-leicht werde ich vorsichtiger sein, vielleicht auch feige, aus Furcht, wieder zu verlieren. Eines aber weiss ich auch: es wird niemals wieder ganz so sein wie früher. Die erste Falte wird ihre Chance nutzen, sich in meinem Ge-sicht einzugraben. Meine naive Unschuld ist mir verloren gegangen, unter der Hand meiner Liebsten gebrochen.

Nach Sonnenaufgang heftiger, jammernder Wind. Zu-sammentreffen der Crew zum Frühstück, in recht ver-schiedener Verfassung. Lustlosigkeit. Zaghafter Annähe-rungsversuch, der Vorschlag, miteinander den Weg hinter der Stadt hochzugehen, wo es bläst und stürmt. Lilo macht ihrem Christian schöne Brötchen vom Bäcker auf der Straße gegenüber. Kein Zweifel, da hat sich was getan. Beide in guter Stimmung, viel Lachen und Berührungen bei jeder kleinen Gelegenheit. Wie gut kenne ich das. Tina eher gedankenverloren, sieht sich ihren Teller genau und lange an. Ich erwische kaum einen Blick von ihr, obwohl ihr Gesicht nicht unfreundlich wirkt, nur abwesend. Aber nicht abweisend. In mir Müdigkeit von der vergangenen Nacht, erst das missglückte Manöver, dann die Schlaflosigkeit wegen meiner Gedankenflut. Vorne im Bug setze ich mich auf die Decksplanken und hänge die Beine über Bord, verschränke die Arme über dem Bugkorb, lege den Kopf darauf. Später ein kurzer Blick nach achtern. Tina trotz der unfreundlichen Wetterlage nur leicht bekleidet in der Pflicht, mit Bleistift und Papier beschäftigt. Flatterndes Kopftuch. Mein Puls steigt schon wieder. Ein Abschiedsbrief?

Ich rufe ihr zu: "Heute wird's wieder nichts, zu windig."
Sie kann mich nicht hören. Ich schreie es nochmals.
„Den Eindruck hab´ ich auch."

„Kommst Du mit spazieren? Mal den Hügel rauf?"

„Muss noch fertig schreiben, dann komm´ ich."

„Sag´ einfach, wenn wir los können!"

Hoffnungsschimmer. Ihre Stimme kommt wie aus großer Ferne zu mir. Was schreibt sie nur?, frage ich mich wieder. Sie ist so konzentriert auf eine bestimmte Sache, aber ich habe nicht mehr die Befürchtung, es sei eine Gefahr für mich, für unsere Beziehung. Das hilft mir etwas, unbefangen abzuwarten. Ja, Ruhe, Gelassenheit ausstrahlen, freilassen, loslassen, was mich niederhält, womöglich alles Hirngespinste, die mich quälen und vertreiben wollen von dem, was mir das Wichtigste und Liebste ist.

Rasmus tobt durch den Mastenwald. Die Schiffskörper schaukeln und tanzen, zerren an ihren Festmachern, die kleinen zappeln mehr als die behäbigeren großen, wie eine Horde Hunde, die loswollen, davonstürmen, irgendwohin. Es herrscht eine nervöse Spannung im Hafen, die mir bekannt vorkommt. Ist in mir nicht eine ebensolche Unrast? Wolkenstücke hetzen über den Himmel, als wäre der Teufel hinter ihnen her. Gespenstisch, archaisch, was sich da um uns herum tut.

Später, endlich: „Schatz, wir können los!" Ihre Stimme dringt durch die wilde Szenerie. Obwohl unser Kreuzer nur dreissig Fuß hat, verstehe ich nur das letzte Wort. Doch das genügt mir. Vielleicht das einzige, das mich in meiner verwundeten Verfassung interessiert, für das ich empfänglich bin. Sie winkt mir zu, als sei ich hundert Meter entfernt. Ich hebe den Arm und winke zurück. Nicht wie einer, der hinter einem abfahrenden Zug hersieht, sondern wie ein Wartender, der etwas Ersehntes auf sich zu kommen sieht. Genau so stehe ich da, wie auf einer Bühne, tosender Applaus von acht Beaufort, Drehbuch, Traumszene: die Liebenden haben sich wiedergefunden. Vorhang.

ooo

Was immer Tina da geschrieben hat, meine Hoffnung ist, dass es *für* mich ist, nicht *gegen* mich. Woher bin ich mir dessen ganz sicher?" Bin ich nicht. Ich will spüren, dass meine Empathie wiederkehrt, dass Seele, Herz, Gefühl, alles wieder da ist. Der schmerzhaft erzwungene Abstand könnte mir gut getan haben. Entfernung ermöglicht Übersicht, Sehnsucht macht sensibel, wie Hunger den Genuss der Speise erhöht.

Ist es unsinnig, bei dem Wetter über die Hügel zu gehen? Gefährlich nicht, aber anstrengend. Will ich das nach der zurückliegenden Strapaze? Wir reden nicht mehr wirklich miteinander seit dem Vulkanausbruch, eher aneinander vorbei. Ich weiss, ich müsste sie direkt ansprechen, aber der Antrieb fehlt. Ich kann nicht. Ich will, oder will ich nicht? Gelähmt von peinigender Angst, vor dem, was kommen kann. Unfähig, etwas dagegen zu unternehmen außer dem Spaziergang. Ich fühle mich weit weg von mir selbst, ins All geschleudert, die Erde immer kleiner werdend mit der Entfernung. Leere Trostlosigkeit, lähmende Gedankenblockade. Stählerne Gleichgültigkeit, persönlichkeitsauflösend. Alles verloren?

„Ich hätte dich nicht schlagen sollen"- warum kommt dieser Satz nicht? Eine gläserne Wand zwischen uns. Ich sehe dich, deine Lippen bewegen sich, aber ich kann nicht hören, was du sagst. Deine Augen! Der wunde Blick gleitet an der glatten Scheibe zwischen uns ab. „So ist sterben", denke ich. Alles loslassen müssen, was man liebt. Der erste Kuss von dir, unser Kind, das nicht mehr das meine ist. Dein Lächeln, das an mir vorbeifliesst, Vergangenheit? „Lieber Gott", sage ich, obwohl ich ihn garnicht liebe, „so hilf mir doch." Schlimmer kann es nicht kommen.

Unser neu verliebtes Ehepaar möchte etwas für uns tun.
Blind sind sie nicht.

„Wir könnten heute Abend nochmal das Paprikahuhn machen. Ist das in Ordnung?"

„Das wäre wundervoll, wir kommen bestimmt hungrig von unserer Wanderung zurück"

„Dann besorgen wir alles, lasst uns nur machen."

„Nicht geizig sein mit dem Paprikapulver!", meint Tina. Es ist ihr Rezept, vielmehr das von ihrer Großmutter.

„Und vergesst bitte nicht, Geld abzuheben, gestern war alles geschlossen, wegen des Feiertages."

Lilo und Christian an Deck, schauen uns nach, als seien wir ihre Kinder, die zum Spielen gehen.

∘∘∘

Die Plage de Cala Sciumara ist mein Ziel, rund einen Kilometer östlich des Leuchtturmes von Pertusato, eine kleine Bucht, ein paar Felsen im Wasser, nur über einen schmalen Pfad zu Fuß erreichbar. Mein Reiseführer empfiehlt sie aus diesem Grund, und weil sie sehr schönen Sand haben soll. Ein Foto hat mich überzeugt. Etwa eine Stunde muss man rechnen, wenn man es nicht eilig hat. Wird es die richtige Medizin sein für uns zwei aus der Bahn geratene Verliebte? Badesachen und Getränke habe ich in meiner Umhängetasche dabei. Und belegte Brote, die für die reguläre, nun verschobene Weiterfahrt gedacht waren.

Nach Mittag geht es die Straße hinaus aus der Stadt, diesmal in Richtung Nordost halb am Hang des langsam ansteigenden Tales, in dessen Grund sich kleine Gärten,

Häuser, hin und wieder einige Palmen aneinander reihen. Farbig glasierte Ziegel einer Kapellen - Kuppel schimmern im zwischen Wolken immer wieder aufflackernden Sonnenlicht. Der Wind in unserem Rücken wirkt hier an Land nicht sonderlich gefährlich. Es dauert nicht lange, bis meine trüben Gedanken aus mir herausgeblasen sind. Die Landschaft ist zu ansprechend, Farben und Formen so abwechslungsreich, dass alles Negative hinter mir zurückbleibt. Tina neben mir, so jung und voller Liebreiz, sagt: „bis da oben hin noch, dann setzen wir uns mal hin, Schatz." Ich nicke nur. Mit allem bin ich einverstanden.

Am Ende des langgestrecken Taleinschnittes zieht die Straße in einer steten Kurve nach Westen, sodaß sich links ein unbeschreiblicher Anblick bietet. Man kann über das ganze Tal zurücksehen bis zur Festung und dem Hafenbecken, im Vordergrund die etwas bizarre Garten - und Palmenflächen. Unwirklich weit entfernt liegen die hohen Klippen. Ich erinnere mich daran, wie der staubige Kalksand der von Erosion zerfressenen Felsen die Haut meiner Fingerkuppen ganz glatt und seidig machte.

Als unser Weg von der Straße rechts in Richtung der Küste abzweigt, nimmt mich Tina an der Hand.
„Robert, bitte bleib´ doch mal stehen jetzt. Ich kann so nicht weiter machen."
Ich erstarre. Aber sie spricht schon weiter.
„Sei mir doch bitte nicht mehr böse. Es tut mir schrecklich leid, dass ich so gemein war, wegen nichts, eigentlich. Ich kann es nicht erklären, aber ich war ganz tief verletzt. Und da ist es dann einfach mit mir geschehen. Glaub´

mir, das war ich nicht selbst. Ein böser Geist hat mich in die Irre geführt. Du weisst doch, dass ich dich liebe."

Da ist sie wieder, meine geliebte Tina, die untergetaucht war, von unbekannten Mächten verführt, wie sie sagt. Es gibt keinen Grund, ihr das nicht zu glauben. Ich lasse ihre Hand nicht los. Übergroßes Glück überkommt mich und macht mich bewegungsunfähig. Es fällt ihr nicht auf, wir beide sind emotional an unseren Grenzen. Wie ein unsichtbarer, versöhnlicher Schleier hüllt uns der hier auf der Anhöhe heftiger wehende Nordost ein. Worte können nicht weiterhelfen, alles, was geschieht, geschieht in uns und mit uns. Meine Arme umschlingen ihre Taille, ziehen sie an mich, und ihre Hände an meinem Gesicht sind alles, was ich mir in dieser Minute wünsche. Wir fassen uns an den Händen und laufen ein Stück den Weg entlang, vorbei an einem Militärposten. Der Wachhabende wirft Tina eine Kußhand zu. Auf einem Schild steht: „Danger de Mort". Wir kommen an weiteren derartigen Schildern vorbei, es ist ein militärisches Sperrgebiet, durch das unser Weg führt. Auf der rechten Seite dann ein Turm mit Zinnen an der Brüstung. Lange, peitschenartige Antennen ganz oben, schwankend im heftiger werdenden Wind.

Links begleiten bis zu zwei Mann hohe Natursteinmauern den Verlauf der Schotterspur. Weitere Mauern der gleichen Art folgen, aber weniger hoch. Wir können über sie hinwegsehen. Ähnliches haben wir in der Provence gesehen, im Norden des Luberon. Zweimal sehen wir ähnliche Steinhütten, die Giebel aber nicht so perfekt geschichtet wie bei den Bories in der „schwarzen Stadt".

Nach dreihundert Metern enden die Mauern, weichen rechts dichtem Gestrüpp, hinter dem sich eine Gärtnerei verborgen hält. Dunkle Kunststofffolien verdecken, was da gezüchtet wird. Auf der anderen Seite des Weges folgen wir einer Hecke aus schlanken, bambusartigen Schilfgewächsen, bis zu vier Meter hoch, deren Stängel in der Brise aneinander schlagen und ein Geräusch erzeugen, das dem Geklapper von Storchschnäbeln gleicht. Nach einer Biegung öffnet sich auf der Nordseite plötzlich eine wunderschöne, märchenhafte Blumenwiese mit leuchtendem Mohn und vielen anderen, mir zum Teil unbekannten Blüten.

Nun wird das Land hügeliger, unwirtlicher. Strenge, karge Felsanhöhen liegen vor uns, zwischen denen ein Sattel hindurch führt. Einmal, auf einer Anhöhe, bietet sich uns ein Blick auf die wild schäumende See an, bald wieder hinter karstigem Land versinkend. Schließlich endet der Weg nach einer S - förmigen Schleife unvermittelt an einem kleine Strand, der von mehrere Riffketten flankiert wird. Die weich gebogen verlaufende Linie des Strandes, das ist die Plage de Cala Sciumara, unser Ziel. In Ost - Süd - Ost die Îles Lavezzu und Cavallo vor der Küste. Das ist also die auch von professionellen Seeleuten gefürchtete Strasse von Bonifacio.

Schäumende Gischt, im Rhythmus der anlaufenden Wellenkämme an den ballonförmigen Granitfelsen ufernah hochschiessend, fliesst nach überall hin ab. Sturmvögel darüber in verzerrten Flugbahnen. Wolken, geballt, über den Horizont eilend, irgendwohin. Sonne, deren Wärme der Wind davonträgt. Geborgenheit im Schutz einer Mulde im Sand.

Wir interessieren uns nur für den hellen Strand, für die flachen, grasbewachsene Hügelchen und für uns selbst. In der kleinen Mulde lassen wir uns fallen. Der Wind, der über uns hinwegfegt, ist heftig. Die Atmosphäre gesättigt mit einem würzigen Geschmack. „Acht Beaufort", schätze ich. Man kann es an der See ablesen. Hohe Wellenberge, von deren Kanten weisse Fahnen verweht werden, Schaumstreifen über der weiten Fläche. Da möchte ich jetzt nicht drinstecken, denke ich flüchtig. Aber dann endlich, endlich wieder dein Lachen, deine graziösen Bewegungen, deine physisch und psychisch totale Präsenz. Das alleine nimmt mich gefangen. Wir liegen eng beieinander, und die Ekstase der Elemente geht auf uns über, ohne dass wir uns dessen bewusst werden

Später stehen wir auf einem ginsterbewachsenen Felsblock, unmittelbar am Strand, blicken auf das Wasser, auf die dicht unter uns tobende Brandung und schweigen bei dem Gedanken, was uns hier draussen erwartet hätte, im Bereich der Strasse von Bonifacio. In dem starken Wind können wir kaum aufrecht stehen, man meint, ihn mit den Händen fassen zu können. Die Natur beeindruckt uns mit ihrem Schauspiel der anrollenden Seen derart, dass wir völlig vergessen, unsere Vorräte auszupacken. Das ununterbrochene Tosen über uns, das Rauschen und Schlagen am Ufer, ein gewaltiges, ermüdendes Konzert. Druck auf den Ohren, Rütteln an unseren Körpern, tränende Augen durch die salzhaltige Luft.

Tina ist erschöpft vom Anmarsch, von den entfesselten Elementen, von der zermürbenden Kraft des Windes und von unserer leidenschaftlichen Umarmung. Sie tut mir leid, wie sie sich auf der Strasse zurück nach Bonifacio abmüht, keine Ermüdung erkennen zu lassen. Sie klagt nicht. Wir gehen langsamer als auf dem Herweg. Mehr kann ich nicht für sie tun. Dabei denke ich an den Brief, den sie für mich geschrieben hat. Wollte sie ihn mir unten am Strand geben? Wir beide haben an nichts anderes gedacht als an das, was uns zurückgegeben wurde. So wichtig konnte er nicht sein, dass er uns davon abgehalten hätte, dieses Geschenk anzunehmen und gierig davon zu kosten.

ooo

Das ungarische Paprikahuhn bekommt nicht die Aufmerksamkeit, die es verdient hätte, unsere Müdigkeit ist zu groß. Von verständnisvollem Lächeln begleitet, verziehen wir uns in unsere Kojen. Tina reicht mir einen Zettel herüber und murmelt: „morgen, Liebster." Noch ein kurzes Fingerspiel, dann sinkt sie in ihre Kissen, ihr Atem geht ruhig, leise, wird übertönt von dem enttäuschten Heulen des Windes draussen, dem wir entkommen sind.

Bevor auch ich mich fallen lasse, muss ich noch wissen, was auf dem Papier steht. Wie solle es mir sonst möglich sein, einzuschlafen, nachdem ich mich seit dem Morgen von Angst und Hoffnung habe verfolgen lassen.

Ich streiche den weissen Bogen glatt, schalte meine Taschenlampe an und lese:

„Mein liebster Robert,
~~wie soll ich es nur~~ ..
~~ich überlege die ganze~~..
es tut mir unendlich leid, ich liebe dich! Sei bitte nicht
mehr böse mit mir,
Deine Martina."

Nur das. Mehr steht da nicht auf dem Zettel. Was habe
ich alles erwartet, wie habe ich mich gefürchtet vor langen Erklärungen, Anschuldigungen, Abschiedsgründen.
Meine Fantasie hat mir einen bösen Streich gespielt. Ich
bin so erleichtert über diese wenigen, befreienden Worte.
Da neben mir liegt sie, zwei Armlängen entfernt, schläft
tief, eine Hand leicht zur Faust geballt, an ihre Wange
gepresst. Ja, ich bin dein Liebster, und dir muss nichts
leid tun. Lass´ uns einfach wieder so sein wie vorher, vor
der Ohrfeige, vor meinem dummen Spruch. Mit diesen
Gedanken rolle auch ich mich in meine Decke und überlasse mich dem Wiegen des Schiffes, dem Gurgeln des
Wassers unter den Planken und dem stetig an Deck ar-
beitenden Wind.

Sonntag, 13. Mai

Grasse Radio meldet für die Mittagszeit Wetterbesserung mit nachlassenden Winden, unverändert aus Nord - West. Wir laufen früh aus, um Zeit zu gewinnen. Die See immer noch rau, Wind gegenan bis zur Madonetta. Dann gelingt der Ausbruch. Wir kommen durch, die Hanseatica wird ihrem Ruf gerecht, tanzt nicht herum, sondern geht ruhig durch Wellenberge, kämpft sich durch die Täler, kein wildes Schlingern oder Stampfen. Mit der Geschwindigkeit liegen wir richtig, der Rumpf kommt immer wieder ins Surfen. Ein kurzer Blick über Backbord an die Küste. Mit dem Fernglas erkenne ich den Strand der Cala Sciumara. Geografisch Meilen entfernt, dazwischen die stürmische See, in mir ganz nah, verbunden mit der Unendlichkeit der Erkenntnis, die mir Tinas kurze Mitteilung ermöglicht hat. Ihre schlichte Hingabe, ihre Liebe hat mich zugleich befreit und gefesselt.

Zwischen den Îles de Lavezzi und Ísola Rázzoli sauber durch die Bouches de Bonifaci. Das Echolot arbeitet einwandfrei, schafft Ruhe in uns, Sicherheitsgefühl in unsicherem Gewässer. Warum nicht gleich so. Tour des Lavezzi, Tour de Santa Manna, Tour de Spansaglia, alles abgehakt auf der Karte, natürlich nur im Kopf. Es ist nicht der Augenblick, unter Deck zu gehen, nicht für Dinge, die später erledigt werden können. Der Leuchtturm Perduto mit seiner langen Stange backbordseitig voraus, wie geplant. Zehn Seemeilen weiter Le Danger du Toro, dessen Position unsere Messungen durch eine abnehmende Grundtiefe des Inselsockels frühzeitig erfassen. Er besteht aus einer kleinen Ansammlung von scharfkantigen Felseninseln noch vor den Îles Cerbicales in Höhe von Santa Giulia, dessen weisser Strandstreifen sich dünn über der Wasseroberfläche abzeichnet. Wir halten uns gut frei in Lee. Auch den Rocher de la Vacca, eine halbe Meile südöstlich der Cerbicales, lassen wir grosszügig an Backbord vorbeiziehen. Einzige Marke an Steuerbord, aus südlicher Richtung, ist der Leuchtturm auf der Insel Razzoli vor der sardinischen Küste. Achtzig Meter über dem Meeresspiegel. Blitze in rot oder weiss, zweieinhalb Sekunden. Das sagt das Seehandbuch. Wir sind etwa vier Meilen entfernt, mit dem Glas alles gut auszumachen. Chris taucht ab in die Kajüte zum Wetterbericht von Grasse Radio, unserem treuen Begleiter. „Der übliche Coup de Vent im Golf von Lion", schreit er heraus, „acht bis neun!" Beachtlich. Nur gut, dass wir inzwischen im Windschatten der Insel unterwegs sind. Trotzdem ist Vorsicht geboten. Fallwinde könnten uns auch hier wenig lustige Tänze aufzwingen.

Dem morgendlichen, lokalen Wetterbericht entsprechend kommt es in der Mittagszeit tatsächlich zu einer Beruhigung. Wind lässt nach, Seegang infolge der Lee - Abdeckung auch. Chris übernimmt die Ruderwache, und ich habe endlich Zeit, mit Tina zusammen zu sein. Wenn auch an Deck mit den beiden anderen und dem immerfort anwesenden Wind. Wir sind uns alle einig, heute ohne Segel auszukommen. Wie schon am ersten Tag, wollte ich mich gleich beim Ablegen nicht darauf nicht einlassen. Ich bin wieder ganz Herr meiner Sinne, nicht emotional getrieben wie noch vor kurzem. Meine ursprüngliche Absicht, direkt Kurs auf Elba zu nehmen, also etwa fünfundzwanzig Grad Nord - Nord - Ost, hätte zwar die Unterstützung durch die vorgegebene Windrichtung, es wäre ein guter Am - Wind - Kurs. Aber die Heftigkeit gefällt mir nicht. Wir sind nach wie vor nur vier Leute. Und wir sind im Urlaub. Also doch lieber nach Porto - Vecchio in einer großzügigen Kurve. Gelegenheit, Diesel zu bunkern, Grundvoraussetzung für eine nachfolgend direkte Ansteuerung von Marciana Marina, oder gleich Portoferraio. Falls der Wind nachlässt.

ooo

„Dein Brief war eine große Überraschung für mich", beginne ich.

„Kann ich mit vorstellen."

„Du hast so lange daran gearbeitet, dass ich mehrere Seiten erwartet habe."

„Wollte ich ja auch, aber ich wusste erst nicht, wie ich schreiben sollte, was ich dir sagen wollte. Und dann ist mir was eingefallen, das fand ich dann doch zu überdreht."

„Was war das denn?"

„Willst du's wirklich wissen?"

„Ja, bitte, Tina."

„Aber versprich mir, dass du nicht lachst darüber."
Mach´ ich nicht."

„Gut. Aber ich sage nur einen Teil."

„Wie du willst. Wo hast du´s denn stehen?"

„Es steht nur in meinem Kopf. Also hör´zu.

Sie lehnt sich an die Reling zurück, neben mir, und sagt, wie man ein Gedicht vortragen würde:

„Du achtest auf mich, weil Du mich liebst. Auch wenn es mir einmal schlecht geht, fürchte ich mich nicht. Denn Du bist bei mir. Deine Umsicht und Stärke trösten und beschützen mich."

Weil ich nicht gleich reagiere, fragt sie:

"Schon wirklich etwas kitschig, oder?"

„Nein, überhaupt nicht. Es hat mich sehr berührt. Ich überlege nur, ich glaube, dass ich es schon einmal gehört habe. Ist das nicht eigenartig?"

„Nein, ist es nicht. ich hätte mir denken können, das du drauf kommst."

„Drauf gekommen bin ich ja nicht, ich erinnere mich nur daran, von irgendwoher."

„Und du tust immer so, als hättest du von Glaubensfragen keine Ahnung, du Tiefstapler."

„Erklärst du's mir?"

„Na, erinnerst du dich an den Psalm dreiundzwanzig, den ich so gerne mag?"

„Ja, du hast recht, jetzt erinnere ich mich. Da hast du aber heftig dran gearbeitet."

„Musste ich ja, es sollte doch meine persönliche Nachricht an dich sein."

„Ich liebe es sehr, wie bist du nur darauf gekommen."

„Das musst du nicht fragen, weil du es selber weisst, Schatz."

„Du bist wirklich sehr mutig, sowas auszusprechen. Zuzugeben, dass man bereit ist, Trost und Hilfe von einem Mann anzunehmen, ist für eine emanzipierte Frau ein zweischneidiges Schwert."

„So emanzipiert will ich garnicht sein. Du bist aufmerksam und tolerant, wozu soll ich mich da um meine Selbstverwirklichung bemühen. Ich bin doch schon wirklich genug, oder? Ich muss mich nicht von deiner Hand losmachen.

„Das bist du, wirklicher geht's nicht."

Nach einer Pause:

„Weisst du, dass ich Angst hatte davor?"

„Wieso, du hattest doch keine Grund dazu."

„Doch, schon. Ich habe dich sehr gekränkt, sonst wärst du nicht so ausgerastet."

„Und ich hatte Angst davor, dass du mich nicht mehr lieb hast. Ein Mann, der von seiner Frau geschlagen wird, glaubt doch, dass er sein Gesicht verliert."

„Ich war sehr verletzt, das stimmt, aber meine Liebe zerbricht nicht an so etwas."

„Das muss ich für einen Augenblick vergessen haben. Es ist schön, dass du das sagst. Mir hat mein eigenes Verhalten auch weh getan, glaub´ mir."

„Ich weiss doch, Schatz, und das war das Schlimmste daran." Dann sage ich noch:

„Beim nächsten mal erst mit dem Mund reden, dann erst mit der Hand, wenn es sein muss, einverstanden?" Was macht Tina? Sie lacht. Es ist ein Geschenk, es ist ein Glück.

ooo

Ich stehe an der Reling, will sie in die Arme nehmen, und dabei passiert es. Das Schiff macht eine unerwartete Bewegung. Ich verliere den Halt und gehe rückwärts über Bord. Ein ungläubiger Blick zu Tina, der Rudergänger brüllt: „Mann über Steuerbord. Tina, Ziel im Auge behalten. Lilo, klar zum Manöver!" Noch schneller als die Kommandos fliegt der Rettungsring hinter mir her, trifft mich in dem Augenblick, in dem ich auf die Wasseroberfläche schlage, an der rechten Schulter. Ich fasse ihn, begreife noch nicht ganz, was da mit mir geschieht, und schon hänge ich an der Leine. Viel zu kurz das ganze Geschehen, um Furcht aufkommen zu lassen. Ich bin so schnell wieder an Deck, dass ich nicht begreife, wirklich in Lebensgefahr gewesen zu sein. Aber daran besteht kein Zweifel. Auch daran nicht, daß es meine Liebste ist, die mich gerettet hat, mit einer instinktiven Reaktion, deren Unmittelbarkeit sie selbst überrascht hat. Dann werden mir doch die Knie weich. Ich setze mich auf das Kajütdach und gieße den Weinbrand, den Lilo umsichtig besorgt hat, in mich hinein. Der Vorfall ist unglaublich in seinem bühnenreifen Ablauf. Nicht einmal richtig nass bin ich geworden, die See hatte keine Zeit, in meine Wetterkleidung einzudringen. Wenn man so will, habe ich garnichts davon gehabt. Kein Schock, keine Unterkühlung, kein Angstgefühl, nicht einmal eine Schramme beim Rebording. Das bedeutet aber nicht, dass ich eine Wiederholung anstreben würde. Meine Tina hat es viel schwerer erwischt. Als wäre sie in Todesangst, so blass sitzt sie neben mir, und sie weint, überwältigt von dem Schrecken, von der Erleichterung, schluchzt an meiner Schulter aus Glück, dass ich da bin, dass es ihr gelungen ist, mich wieder herauszufischen aus dem Schlund, in dem ihre Fantasie mich schon hat verschwinden sehen. Wirklich, ich hatte großes Glück, auch abgesehen von Tinas vorbildlichem Einsatz. Bei höherem Seegang, in stärkerem Wind wäre der Vorgang anders abgelaufen. Sie ist mein wahrer Schutzengel.

ooo

Alles klar an Deck. Logbucheintrag am Abend nicht vergessen. Christian lenkt die Hanseatica um die felsig spitze Ost - Ecke der Buchteinfahrt, hält uns gut frei von dem ekligen Riff, zweihundert Meter vor der Huk in Nordost. Mitten in der Einfahrt zum Golf der weisse Bau der Tourelle de Pecorella auf ihrem kleinen Felsenfuß. Dann kurze Aufregung, ganz plötzlicher abrupter Anstieg des Meeresbodens im Echolot, um nur wenige Meter. Der Schreck ist groß, wegen der kabbeligen See kann man auf dem Grund nichts erkennen. Vermutlich sind wir zufällig genau über das Wrack der Pinella gelaufen, die hier offensichtlich direkt unter uns, in fünf bis zwölf Meter Tiefe liegt, je nachdem, welche Unterlagen man zu Rate zieht. Allemal keine Gefahr für Yachten wie die unsere. Gerade mal vor zwanzig Jahren fuhr die Pinella hier auf Grund, angeblich hatte sich die Mannschaft mehr um eine Rumflasche bemüht als um saubere Navigation. Das soll es im Cockpit von Flugzeugen oder in Führerhäusern von Lokomotiven auch schon gegeben haben.

Porto - Vecchio. Lilo erinnert sich an einen Großmarkt in der Stadt, an dem wir auf unserer Autotour nach Zonza vorbeigekommen sind. Den werden wir nicht vergessen. Aber ob sich für einen Besuch die Gelegenheit ergeben wird, ist fraglich. Wir fahren jetzt gegen die Zeit. Das Hafenhandbuch enthält auch die Öffnungszeiten der wichtigsten Geschäfte. Wenn wir noch eine geöffnete Tankstelle im Hafen finden wollen, wie es knapp. Auch unsere Ankunft in Portoferraio hängt davon ab. Die Fahrt zum Festland. Und immer noch hundert Meilen vom Fährhafen entfernt bei nördlichen Winden. Also immer gegenan, egal ob unter Segeln oder unter Motor. Und das bei

Starkwindwarnung, wenn auch nur das Rhonetal herunter. Das Ende unserer Urlaubs. Unsere Arbeitgeber. Die Freiheit des Seglerlebens bröckelt, die Ungebundenheit gerät schon in den Schatten des Alltags. Aber ich kann mich noch einmal davon befreien. Nicht so weit voraus denken!

Porto - Vecchio. An der Betonnung entlang bis in den Hafen kein Problem. Siebzehn Uhr. Kaum sind die Festmacher an der Pier der Tankstelle ausgebracht, kommt ein Renault über die Molenstrasse heran. „Prompte Bedienung hier", meint Christian. Sieht aber eher nach Zolleinsatz aus. Diebe? Schmugglerjagd? Teufel, die kommen zu uns. Hafenpolizei.

„Papiers de bateau, passeports!" Nicht unfreundlich, aber bestimmt. Auch meine Lizenz als Skipper muss aus dem Kartentisch heraus. Bitte sehr, alles korrekt, oder? Ungewöhnlich, diese eilige Kontrolle. Aber was könnten sie sonst wollen? Es ist ihre Arbeit. Chris ist schon mit den Tanks unterwegs. Die Beamten sind zufrieden. Wir auch. Den Tankwart, würden wir über den Capitaine de Port erreichen. Und der sei drüben, jenseits des Hafens zu erreichen. Merci beaucoup, monsieur le commissaire.

Schon ist Chris zurück, er kommt mit dem Tankwart an, vielmehr wird er von ihm zurückgebracht. Der Pompiste ist ein dünner Mann, Schiffermütze, versteht sich, nein, keine Pfeife im Mundwinkel, aber eine qualmende, übelriechende Gauloise, Maisblatt. Eine blaue Latzhose, in die ein zweiter Mensch hineinpassen würde. Gummistiefel. Nur gut, dass wir kein Benzin wollen.

„Tout va bien!", wiederholt er ständig und wirft dabei bestätigend das Kinn hoch. Kopf in den Nacken. Fehlt nur der blinkende Goldzahn im Gebiß.

„Allemand, n´est - ce pas?"

Der Zapfhahn im Tankstutzen, Glucksen, die Zahlen auf der Registraturscheibe rasen davon. Diesel auf dem Boden, auf dem Deck.

„Tout va bien, ça ne fait rien!"

Für ihn egal, sicher. Beherrschtes Gesicht des Skippers. Christian ratlos lachend. Lilo mit Lappen und Spray. Tina, damit die Berichterstattung komplett ist, geht auf der Pier lang, übt den Catwalk. Sieht gekonnt aus.

„Ganz schön lang, unser Schiff", flötet sie.

„Ist aber nicht gewachsen in den letzten Tagen."

„Ach du!"

Sie trägt heute auch eine Latzhose, aber hellblau, sauber, in der Taille geschnürt. Die Träger betonen reizvolle Teile ihrer weibliche Figur. Beinahe hätte ich gerufen: „dreh dich doch mal um, Süsse!" Aber ich kann es zurückhalten. Will nicht wieder eine fangen. Wieder rote Backe, Geheule, Beziegungspause, schlechtes Gewissen, miserabler Nachtschlaf. Nein danke. Lieber nicht, auch wenn es ein erfreulicher Anblick gewesen wäre, ich muss es doch wissen.

Wir sind uns einig, noch heute wieder abzulegen. Soweit gut. Die Wetterlage wird es zulassen. Ich will es jetzt durchziehen. Aber über den Zeitpunkt müssen wir uns noch einig werden. Kaffee trinken gehen? Kurze Wanderung auf den Bergrücken am Südost - Ufer, wo die Antenne Porto - Vecchio ihren Sitz hat? Fantastische Aussicht. Oder wenigstens ein leckeres, frühes Abendessen vor dem Ablegen? Gute, vernünftige Gründe unseres Ehepaares, na ja. Tina hat ein überzeugenderes Argument, das sie mir ins Ohr flüstert. Überzeugt, akzeptiert. Beschluss: Skipper lässt sich leicht überreden, noch zum Dinner zu bleiben. Danach Einkauf im Supermarkt. „Ihr beide könntet mit einem Taxi hochfahren und das erledigen, einverstanden? Wir beide klaren inzwischen ein bisschen Deck und Kajüte auf." Jeder weiss, was das soll. Ganz unkompliziert, die Genialität meiner Partnerin. Jeder erledigt seine Aufgabe, alle sind zufrieden. Der Abend verläuft perfekt.

ooo

Porto - Vecchio. Dunkelheit bricht herein. Pullis, Ölzeug, Stiefel, Rettungsleinen. Nachtfahrt. Leitfeuer zeigen den Weg aus der Bucht. Wahrschau, Vorsicht, nicht zu dicht um die Cala Rossa herum. An der Öffnung des Golfs nach Osten achteraus noch der weisse Sektor im Blickfeld. Grünes Blinken der Kursänderungsboje. Wo sind die Feuer von Saint Zypriern, wo die Pecorella und Punta de la Chiappa? Ohne die geht's nicht. Zwei entdecke ich leicht. Nach der Identifikation der Kennungen steht fest: der Leuchtturm des Plateau de la Pecorella muss wohl eine Stunde zuvor gesprengt worden sein. Vorher war er schließlich noch da, allerdings noch bei ausreichender Helligkeit. Ist er nur nicht beleuchtet? Mittelmeer - Romantik? Dieses Riesenstück von Leuchtturm mitten in der Einfahrt der Bucht ohne Licht? Eher eine Mittelmeer -

Krankheit. Tina, bitte nach vorne, Ausguck. Nimm das Glas mit. Unser Leben in Deiner Hand. Du bist die Größte. Ich habe keinerlei Bedenken, ihr das zuzumuten. Sie ist kein Baby, sie bekommt nur eines. Der Himmel wolkenverhangen. Dunkle Nacht. Zwei Kabellängen voraus sichtet sie das ersehnte Langbein. Sauberer Kurs. Mit der Backbordseite dran vorbei. Entwarnung. Ausguck beendet.

„Laß´ mich doch noch im Bug bleiben. Es ist super schön hier vorne."
„Gut, halt´ dich aber schön fest."

Wenig später Nordkurs. Nur mit Weste und Lifebelt. Wie immer bei Nacht oder schwerer See. Mehrmals aufwändige Kurse in Küstennähe, zwei Schiffswracks liegen hier irgendwo in unbekannter Tiefe auf Grund. Drei Kreuze nebeneinander als Warnung. Ich bin vorsichtig. Chris mit breitem Grinsen: „die sind aber beide ungefährlich, das sagen auch die Kreuze. Über solche Untiefen kann man unbedenklich ´drüberrutschen. Sieh hier, es steht so im Handbuch der Seemannschaft." Den Triumph muss ich ihm gönnen. Tue ich gerne. Es ist beruhigend, wenn die Mannschaft mitdenkt, auch wenn es nur um Prestige geht. Den Vorwurf unachtsamer Navigation brauchte ich mir deswegen nicht zu machen. Keiner von uns hatte es vorher gewusst. Null Uhr. Zweiundvierzig Grad fünfzehn Minuten nördlicher Breite.

Montag, 14. Mai

Irgendwann wird der Himmel lichter, die Sonne erscheint blank über der Kimm, die Nacht ist vorüber. Ein Strand an Backbord im frühen Seitenlicht plastisch, zum Greifen nah, aber doch zwei Seemeilen entfernt. Lilo am Ruder kann es nicht glauben. „So weit weg soll der sein?" Über der Uferkante wacht dunkler Hügelsaum, leicht gewellt, stark kontrastierend gegen dahinter ziehende, hellere Wolkenbänder. Über all dem ein schneebedecktes Felsmassiv, zweitausendsiebenhundert Meter in den Himmel aufragend, gestochen scharf in seinen Konturen. Der Monte Cinto, höchste Erhebung der Insel. Ein atemberaubend klarer Morgen. Die freie Weitsicht lässt Mistraleinflüsse vermuten. Das wissen wir aber schon lange. Unser Dank an das Rhonetal. Eine erstaunliche Tatsache, dass Christian nicht wieder mit seinem Sherry ankommt. Auch dafür Dank. Es ist ganz still an Bord der Hanse. Tina inzwischen auf Ruderwache. Eine mystische Atmosphäre, wie der Küstenstreifen unmerklich langsam nach achtern zieht, wie die Sonne millimeterweise steigt und dabei immer größere Teile der See in eine rotgoldene, blendende Fläche verzaubert.

Wir motoren weiter mit Unterstützung des dreifach gerefften Großsegels und der Fock. Fahrt unter Land. Draußen ist die See zu bockig. Das würde diesen fast beschaulichen Reiseabschnitt stören. Das Feuer von Alistro querab gegen sieben Uhr dreissig, Campoloro acht Uhr nullnull. Ich hatte die letzte Wache, lege mich jetzt schlafen, so wie es meine Seeleute ebenfalls nach ihren Einsätzen getan haben. Anders hält man es nicht durch. Die Konzentration, das scharfe Sehen, das ständige Habacht machen es nicht mit. Skipper - Los.

Mittags um zwölf Uhr werde ich geweckt.Tina, sanft, liebevoll, engelhaft. Aber unerbittlich. Ich habe doch nur Sekunden geschlafen, nein? „Was hast du denn da für dunkle Ringe unter den Augen", fragt sie scheinheilig. Sie ist doch selbst schuld daran, zum Teil wenigstens. Ich schweige, aber mein erster Gedanke ist: „zuerst die Ringe unter den Augen, dann die an den Fingern." So geht das mit der Liebe.

ooo

Bastia war während meiner Ruhezeit in Sicht gekommen. Die Crew hatte mich schlafen lassen und selbstständig entschieden, auf sechzig Grad zu gehen, auf das Westende von Elba zu. Das war um elf Uhr dreissig gewesen, und es war eine gute Entscheidung, finde ich, nachdem ich meine Sinne beieinander habe. Wieder im Dienst. Ruder in der rechten Hand, Kaffee in der linken. Unser Kreuzer läuft echte fünf Knoten, als aus dem Motorenraum ein Geruch aufsteigt, der nicht gerade beruhigen kann.

Chris: "Mann, einhundertzwanzig Grad!"
„Abschalten das Ding!"
„Das Kühlwasser ist schuld."
Kein größeres Problem bei den augenblicklichen Wetterverhältnissen. Nur noch drei Windstärken.
„Alstersegeln bei Käpten Seebeck", denke ich.

„Das war eine coole Zeit, während der Mittagspausen."
„Macht doch mal die Reffs aus dem Groß und zieht dann die Genua rauf. Das wird laufen."
Aktivität an Deck, Segelschlagen, quietschende Rollen beim Dichtholen der Fallen.
„Jetzt noch die Schoten."
Die Segel füllen sich, Das Schiff legt sich schräg und beginnt, loszuziehen. ein königliches Gefühl.
„Gut gemacht, Leute, ihr habt es drauf heute."

Eigenartig, niemand spricht auch nur mit einem Wort von meinem unfreiwilligen Tauchgang. Aberglaube? Rücksicht? Denken die, ich würde mich schämen, vielleicht? Tue ich nicht. Oder ist es so egal, dass keine Bemerkung lohnt? Ich warte mal, ob noch etwas kommt. Aber vor der Auflösung der Crew will ich es dann schon noch wissen, nehme ich mir vor.

Der Motor kühlt ab, läuft wieder ruhig, ohne Hitze. Nach einigen Meilen das gleiche Theater. Wir spielen es einige Male durch. Es muss ein Problem mit dem Thermostaten geben. Davon verstehe ich nicht genug. Keiner von uns. Wie in einer geheimen Absprache, gegen unsere Interessen, lässt der Wind weiter nach. Die Sonne hat schon ein ganzes Stück an Höhe gewonnen, sodass wir Schicht um Schicht unserer Nachtmonturen ablegen wie Zwiebelschalen. Trotz maximaler Segelfläche bleibt kaum ein Knoten an Fahrt übrig.

Auf Ultrakurzwelle erreiche ich über die Küstenfunkstelle Livorno jemanden in der Segelschule, bei der wir das Schiff gechartert haben. Mein Gedanke ist, wie zu Beginn des Törns wieder in Marciana Marina auf Hilfe zu warten, falls wir nicht hier auf See verhungern, im übertragenen Sinn. Es wäre der nächstgelegene Hafen. Paolo könnte uns, wenn er das Rettungsboot des Vereins nimmt, dort abholen und in den Heimathafen nach Portoferraio schleppen. Die Antwort: Wir sollen auf Wind warten und den Motor abkühlen lassen. „Ihr seid doch alle Segler, und ihr habt eine Segelyacht gechartert. Also segelt!" Wir können es nicht glauben, aber das ist alles an Hilfe, was es gibt.

Tatsächlich, der Wind frischt wieder auf, wir machen so weiter wie in den letzten Stunden und schleichen uns Meile um Meile der Küste von Elba entgegen. Kein Wutanfall, kein böses Wort, Ergebenheit in die reale Situation. Jeder kann darüber denken, was er will, über den Segelclub und über uns, und über das Schiff, das wir trotz allem lieb gewonnen haben. Und auch über das Wetter. Elba liegt zum Greifen nah vor uns. Capraia als Peilung voraus, an Steuerbord Pianosa, eine ehemaligen Strafkolonie. Monate Christo, acht Meilen südlicher, haben wir nicht zu Gesicht bekommen. Zu weit von unserer Route an der Westküste Korsikas entfernt, vermute ich.

In nordöstlicher Richtung zieht ein Flottenverband der französischen Marine vorbei. Graue Ungetüme, schräg hintereinander versetzt. Denen darf man nicht zu nahe kommen. Wir hätten Mühe gehabt, ein Ausweichmanöver hinzulegen, unter den gegebenen Umständen. Die Positionslampen als Zeichen unserer Manövrierbehinderung anzuschalten, wäre sinnlos.

Christian ist es, der eine weitere Möglichkeit wie ein Kaninchen aus dem Ärmel schüttelt. Er kennt einen Holländer, der auf Elba eine Segelschule führt. Über Funk kann er ihn erreichen. „Luuk ist mit seiner Crew südwestlich Capraia unterwegs. Er will nach Portoferraio!" Chris ist sich der Bedeutung seiner Bekanntschaft bewusst, es ist ihm zu gönnen, dass er sich als unser Retter fühlt. Ist ja auch so, irgendwie. Luuk hat uns bereits ausgemacht. Es können auch nur ein paar Meilen zwischen uns liegen. Lilo und Tina suchen abwechselnd mit dem Glas über Backbord das Meer ab. „Da sind sie!", ruft Lilo aufgeregt. Auch mit bloßem Auge sehen wir jetzt die weissen Segel, gebläht trotz müder Brise. Eine wunderschöne, schnittige Ketsch, zwölf, dreizehn Meter Länge. An Deck mehrere Personen, mindestens sechs, zähle ich. Bald kommt sie achterlich auf. Koordinierung der Schlepphilfe über Funk. Für Christian wird es wohl zu viel. Stolz, Aufregung, wer weiss, was sonst noch. Er tanzt auf dem Vorschiff herum, kommandiert, weist uns an, die Segel endlich zu bergen, Leinen aufzuklaren. Griff in die Fockfall - Winsch, mehr schmerzhaft als notwendig. Verwirrung der daneben belegten Dirk. Ein Tappen wickelt sich um seine Beine. Chris Wirft die in Buchten gelegte Fockschot auf das Deck, leise vor sich hin schimpfend. Ein Bild menschlicher Überforderung, deren Grund sich uns nicht offenbart. Dann sagt er es selbst: „was soll denn Luuk von uns denken!" Das also ist es. Weil der schleppwillige Holländer schon dicht heran ist, und wir noch keinen Tampen parat haben? Alles lässt sich regeln. Die Schleppleine kommt rechtzeitig über, sogar problemlos. Die Hanseatica geigt hinter dem Schlepper her, Kurs Poroferraio.

„Komm, Chris, jetzt trinken wir einen."
Er hat sich schon wieder beruhigt, und wir versuchen, über den Vorfall hinwegzugehen. Es ist nicht so schlimm. „Wenn wir im Hafen sind, laden wir euch zu einem Umtrunk ein, seid ihr dabei?" Sein Funkspruch wird drüben begeistert empfangen.
„Ihr habt doch nichts dagegen?" Nein, haben wir nicht. Vorher fragen wäre natürlich besser gewesen. Aber egal. „Klar, Chris, gute Idee, machen wir." Bezahlung aus der Bordkasse, da gab es noch nie Probleme. Lilo, unsere Kassenbeauftragte, macht das mit viel Geschick.

Ich denke mir, es wäre für Christian gut gewesen, selbst Skipper zu sein. Seine Segelkompetenz ist vielleicht noch nicht ganz ausreichend, aber wir Musketiere haben doch immer zusammen entschieden und uns geholfen, wo es nötig war. Er hätte das geschafft. Mangelndes Selbstbewußtsein, das war sein Problem, möglicherweise auch in seiner Ehe.

ooo

Gegen zweiundzwanzig Uhr dreissig biegt unsere Klein-Kolonne südwärts in die Bucht von Portoferraio ein. Die Naturschutzinsel Scoglietto, Struktur wie eine Felsen-Schichttorte, schaut wie das Heck eines sinkenden Frachters aus dem Wasser, nur einige hundert Meter von der Küste entfernt. Da sie nicht von Untiefen umgeben ist, spielt es keine Rolle, ob man sie auf dem Weg in den Hafen südlich oder nördlich liegen lässt. Der Holländer wählt den äußeren Weg, um jedenfalls von den Fratelli, einer Felsansammlung dicht unter der Küste bei der Punta della Madonnina, frei zu bleiben. Das ist vernünftig mit einem Schiff im Schlepp. Dreiundzwanzig Uhr. Leinen fest. Die gleiche Pier, an der wir vor zwei Wochen lagen, nur diesmal weiter vorne, am Molenkopf. Auf der Seite gegenüber dem Wasserschiff - Anleger gibt es diesmal keinen freien Platz.

ooo

Kneipenatmosphäre, Stimmengemurmel, einzelne, laute Lachgeräusche. Tische kreuz und quer stehend, Qualmschwaden hängen unter der Decke, wo mehrere Lampenschirme aus Metall etwas gelbes Licht nach unten schicken. Der Raum ist eng und lang, ganz im Hintergrund die Theke, ein Mann sitzt dort mit einer jungen Frau. Ich kann nur ihren Rücken sehen. Sie hat eine ähnliche Figur wie Tina, soweit ich das beurteilen kann. Und einen langen Haarzopf, der ihr über die Schulter hängt.

Die anderen Gäste gemischt, Einheimische, einige, die wie Segler aussehen, aus ihrer Kleidung, ihren Gebärden und ihrer Ausdrucksweise zu schliessen. Wir drängen zu siebt herein, von dem Holländerschiff ist nur ein Teil der Crew mitgekommen. Wenige Plätze frei trotz bereitwilligem Zusammenrücken des Menschengewimmels. Ich bleibe mit Tina im Arm einfach stehen, neben einem der Tische. Die anderen setzen sich. Eine Runde Rouge, die Fremden neben uns sind eingeladen. Vielfältiges merci beaucoup, pour votre santé. Dann die Gespräche untereinander, eher pflichtbewusst als interessiert. Lilo, Christian und wir beide sind müde, nicht nur von der letzten Nachtfahrt, auch von den vergangenen Tagen. Der richtige Zeitpunkt für einen Schlussstrich. Wieder für sich sein, zu sich kommen, in die eigene Welt zurücksinken. Das Stimmengewirr flaut für einen Augenblick ab, der Mann im Hintergrund am Tresen lacht gerade laut auf, schrill begleitet von seiner Freundin, oder was immer sie ist. Sie unterhalten sich. Ein merkwürdiger Akzent, den er spricht. Der Geräuschpegel um mich herum steigt wieder. Ich kann keine einzelnen Worte verstehen, seine Stimme kommt mir bekannt vor. Ich bin sicher, die habe ich schon mal gehört. Aber wo? Der Holländer prostet mir zu, ein spezieller Toast von Skipper zu Skipper sozusagen. Sympathischer Typ, groß, Vollbart, buntes Halstuch, mit einem Kreuzknoten gebunden, wie sonst bei einem Seemann. Dicker Norwegerpulli, fast zu warm für die Kneipendünste. Chris sieht uns zu, ich sehe ganz deutlich die Enttäuschung in seinen Augen, die durch die rauchige Zigarettenluft gerötet sind. Einen anderen Grund wünsche ich ihm nicht. Er dauert nicht lange, unser Dankes - Umtrunk. Wir verabschieden uns mehrmals, dann lassen wir unsere Retter zurück, verziehen uns auf die Hanse. Morgen liegt ein langer Weg vor uns. Erst die Fähre, das geht noch. Übrigens, unser Pärchen hatte gar keine Rückfahrtickets für die Fähre gebucht. Es war nur eine Planung, der Sonntag. Deshalb keine Nervosität, kein Drängeln die letzten Tage.

Und wir beide? Die Fahrt, fast tausend Kilometer über Autobahnen, sonst noch mehr. Ob wir das an einem Tag überhaupt schaffen? Mein Urlaub ist noch nicht ganz aufgebraucht, wir könnten also unterwegs ein romantisches Hotel finden, vielleicht. Tina brauche ich nicht zu fragen. Ich kenne ihre Antwort. „Oh ja, Schatz, was für eine super Idee!", ein Lächeln, ihre weichen Lippen auf meiner Wange. Eine Flasche Wein will ich doch noch mitnehmen. An Bord ist nichts mehr vorhanden. Rationell geplant von Lilo, unserer Wirtschafterin. Der Wirt packt mir den Vermentinu in eine Zeitung. Während ich auf das Wechselgeld warte, fällt mein gelangweilter Blick auf einige Zeilen des „Corse-Matin".

„Une femme de Carbini, dans le district de Zonza, est portée disparue depuis mercredi dernier. Selon la famille, elle voulait visiter la Cascade de pisciadi Ghjaddu à proximité, mais n'est revenue que le soir…"

Ich lese, aber meine Gedanken sind anderswo, der Inhalt des Textes erreicht mich nicht. Eine Frau wird vermisst. Irgendeine lokale Angelegenheit, wirklich nicht interessant. Nur der Name „piscia di Ghjaddu" fällt mir auf, da sind wir doch auch gewesen. N'a pas d'importance. Ab zum Fährhafen. Der ist nicht weit, gleich schräg gegenüber der Kneipentür. Was für ein Glück.

Dienstag, 15. Mai

Frühstück im Café Roma. Dann an Deck wildes Sortieren, Ordnen, Verpacken. Tina und Christian holen die Autos vom Parkplatz. Die Geranien blühen noch, erzählt sie mir. An Deck und unten alles klarieren, säubern, nochmal unter den Kojen und im Vorschiff alles durchsehen. Schliesslich, endlich auf der Fähre, Wagen geparkt, Herumstehen auf dem Oberdeck, Blicke zurück zur Insel, die sich schnell von entfernt. Es ist bewölkt, teilweise zeigt sich die Sonne. Scirocco - Wetterlage, schätze ich, wegen der Wolken, nicht wegen der Sonne. Das ist jetzt nicht mehr wichtig. Der warme Südost aus der Sahara wäre unterwegs interessant gewesen, auf der Rückfahrt hätte er mehr Segelzeit mitgebracht. Haben wir am letzten Tag noch erlebt. Kurzes Händeschütteln in Piombino am Kai. Lilo und Christian wieder spröder miteinander, war wohl doch nur ein kurzes Strohfeuer, in den letzten Tagen. Noch ein déjeuner zusammen? Unser Zug fährt erst in drei Stunden. Nein danke, wir wollen später unterwegs essen. Niemand beleidigt, hoffentlich. Händeschütteln. Keine Stimmung für Umarmungen. Wir sehen uns. Die Fotos. Erinnerungen tauschen. So das Übliche. Bordleben ist Bordleben, an Land ist an Land, mes amies. C´est la vie. Adieu.

Jetzt habe ich doch vergessen, mein kurzes Bad im Mittelmeer zu erwähnen. Ist auch egal, Hauptsache, ich lebe. Unterwegs dann: „Du, halt mal an, mir ist übel." Es ist also wirklich wahr, ich werde Vater.

Abbildungen

216

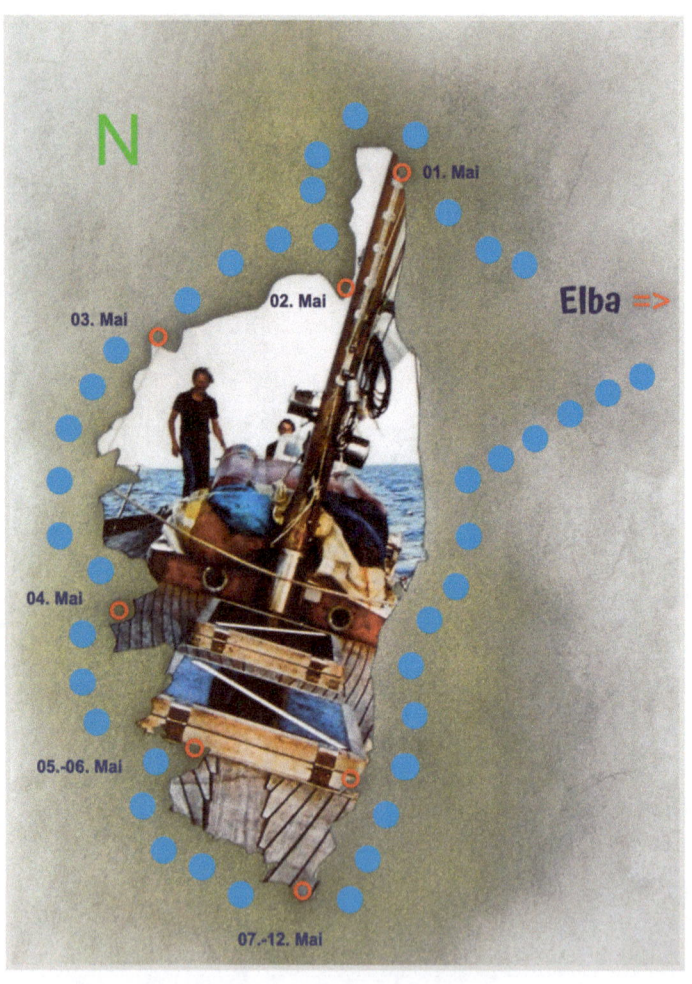

N

01. Mai

02. Mai

03. Mai

Elba =>

04. Mai

05.-06. Mai

07.-12. Mai

Inhalt

Weitere Bücher des Autors

erscheinen im gleichen Verlag:

„Das 17. Instrument"

Fünfzig Kurzgeschichten

„Fremde Schicksale, fernes Land"

Ruanda 1994, Erlebnisse eines Arztes

Zeitfracht Medien GmbH
Ferdinand-Jühlke-Straße 7
99095 Erfurt, Deutschland
produktsicherheit@kolibri360.de